沈从文

故乡五书

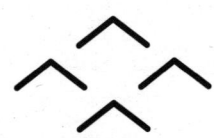

龙朱·虎雏

沈从文 著

沈从文
故乡五书

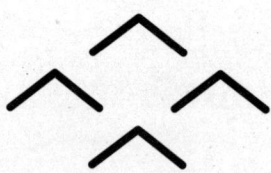

龙朱·虎雏

图书在版编目（CIP）数据

龙朱·虎雏/沈从文著.—太原：北岳文艺出版社，2018.6
（沈从文故乡五书）
ISBN 978-7-5378-5616-4

Ⅰ.①龙… Ⅱ.①沈… Ⅲ.①短篇小说—小说集—中国—现代 Ⅳ.①I246.7

中国版本图书馆CIP数据核字（2018）第119111号

出版发行
山西出版传媒集团·北岳文艺出版社
社址
山西省太原市并州南路57号
邮编
030012
电话
0351-5628696（发行部）
0351-5628688（总编室）
传真
0351-5628680
网址
http://www.bywy.com
E-mail
bywycbs@163.com
经销商
新华书店
印刷装订
北京盛通印刷股份有限公司
开本
670mm×970mm 1/16
字数
190千字
印张
16.5
版次
2018年6月第1版
印次
2018年8月北京第1次印刷
书号
ISBN 978-7-5378-5616-4
定价
49.00元

选题策划
续小强 麦坚
图书监制
麦书房文化
责任编辑
谢放
装帧设计
张志奇工作室

本书版权为本社独家所有，
未经本社同意不得转载、摘编或复制

沈从文抗战前摄于北平

为了尊重并保持沈从文作品文字的原貌和风格，只要不是明显的错漏，本书一律不作擅自改动。特此说明。

目 录

001　蜜柑

009　柏子

019　龙朱

043　夜

055　七个野人与最后一个迎春节

067　牛

085　菜园

097　烟斗

111　三个男子和一个女人

137　虎雏

165　黔小景

177　看虹录

195　春

211　黄昏

223　八骏图

蜜柑

本篇发表于1927年5月28日《现代评论》第5卷，第129号。署名从文。

一到星期，S教授家是照例有个聚会的，钱由学校出，表面归S教授请，把一些对茶点感到趣味的学生首领请到客厅来，谈谈这一星期以来校中的事情。学生中在吃茶点以前心里有点不愉快的就随意发挥点意见，或者是批评之类，S教授则很客气的接受这意见，立时用派克笔记录到皮面手册子上头，以便预备到校务会议席上去提案。其实这全是做戏。等到鸡肉馄饨一上席，S教授要记也不能，学生们意见便为点心热气冲化了。纵或是吃完点心仍然可以继续来讨论，但是余兴应为S教授太太来出场，在一杯红茶以后，大家又都觉得极其自然的是应各个儿分开，散到园子内树下池边去谈话，也才像个会，所以S教授手册上结果每次记录都只是一半。不过这正可证明圣恩大学显然是全满了学生意，纵有一点不惬人意处，茶点政策亦已收了效，不怕了。

在这种聚会上，有一个人所叨的光要比每次馄饨酥饺所费还要多，这是少数学生也极明白的。但这关于个人的私德。有些地方本来德行这字原只放在口上讲讲就行的，如像牧师的庄严单单放在脸上就够了一个样，所以我们还是不说好。并且，又据说有一类人正因为常常有人做了文章形容过，不依做文章的人，说是轻视了上帝，这一来，天国无从进，危险的，莫让诅咒落在自己的头上吧，我真不说了。

　　时间是三月快完了，桃李杏花是已在花瓣落后缀有许多黄豆大的青子了。丁香花开得那样的繁密，像是除了专为助长年青人爱情，成全年青情人在它枝下偷偷悄悄谈情话外无什么意思。草，短短的，在丁香下生长的，那是褥子，也只单为一对情人坐在上面做一些神秘事情才能长得那么齐。

　　在这样天气下，一个年青人没有遐想那是他有病。再不然是已经有个爱人陪到在身边，他只在找出一打的机会使女人红脸，没有空再去想那空洞爱情了。

　　本星期仍然有例会，男女同学仍然都像往天一个样来到 S 教授住处，聚在一块儿，用小银匙子舀碗内的鸡肉馄饨吃，第二次又吃火腿饼，一人各三个，放到银的盘子里，女人平素胃口本来是弱的，这时可是平均分到吃。吃完后，美国磁器绘有圣母画的杯子装着红茶出来了。

　　坐在主位的教授太太开了口：

　　"这样天气好，大家正可以到那园子里玩一个整天！"

　　"我们还有一大篓蜜柑，是吴师母昨天送我的太太的，大概太太今天要请客，所以留大家！"

　　S 教授说了就微笑。这是一个基督教徒一个大学教授在学生面前不失尊严的微笑。

　　学生于是抚掌。

　　有蜜柑吃抚掌原是值得的。

"柑子正要吃，不然放着天热会坏了。"教授太太站起身来说，一面用手指点在餐桌上的客数目。

这一来，几个刚才离开众人到沙发上去躺的男生，立时又走过来恢复原位了。

"我要数，"太太说，"我有一个好意见，我数你们哪一个有女朋友，这柑子就可多得两三个，因为天气这样热，别人去到树下说情话，口干那是自然的。你们没有女朋友，陪到S先生到这客厅中谈话，还有茶，所以各人有了两个柑子也够了。"

"那不成，大家是一样，S师母不应特别爱他们的。我们没有朋友在此是师母的过，为什么不先日早告给我们，我们纵不有也好要师母帮到找？"

男人方面涎脸原是自然的。女人方面原来只是一个人的便早红了脸。

"师母说的话是有心袒护几个少数帝国主义者！"这是一个曾经在学生会做过主席的抗议，话说得漂亮透了。

另一个，正要同S教授商量一点私事的，就说："我们陪到S先生也是要说话，难道就只有谈情话能够使人口干么？"

"那你们有菜，有奶汁，有可可，在客厅里多方便！"

"可是凭天理良心说，我们莫有情人的，应当在柑子上多得一点便宜，也才是话！"

"……"

这是一个利权得失的大问题。又因为在S教授夫妇面前撒一点娇不妨事，于是这边以理由的矛来攻，那边理由盾牌也就即刻竖起来。宁可大家慢吃点，分配方法不妥贴，大家也就不能即刻散开的。

"好，算我的，你们这些陪到我同师母谈话的人我要师母回头再送你们一样好点心，总算公平吧。"S教授说。

幸得S教授来解决，于是叫了听差即把蜜柑篓子取出来。分散了。二十三个人中十二个人是得了双份，其余则等候别的东西再看了。

这之间，有一个人忍受了损失不说话，蜜柑分到她的面前时，却只取两个。

"怎么，交际股长难道是一个人么？"师母笑了。

不。当真不。这中有三个人原是都可以算得够同她在一块儿来谈情话的，但人是三个，就不好办了。她很聪明的只取一单份，使他们三人都无从争持。大家本来都知道，只暗笑。

三人见到是这样，也只取单份。这三人中共有两个是学政治的，一个人是在学校中叫作诗人的小周，那么一来，政治显然是失败，诗人也算失了恋，明日周刊上大致又可以见到一首动人的爱情散文诗了。

领双份的大大方方用手巾兜起蜜柑两个两个走去了，剩下的便是一些两方面都算失败了的人。不过不到一会儿，客厅中人就又减少了一半，这因为还有两对是那已有交情不愿众人明白的男女，所以牺牲了蜜柑，保存了秘密，此时仍然走到别外谈私话去的。

天气这样好，正是诗人负手花下做诗的好时节，况且又失意，小周先就顾自跑到后园池子边去了。

交际股长密司F，乘到大家不注意，也一个人离开了客厅。大凡学政治的人头脑都是一个公式所衍化，是以两人看到自己的蜜柑，为诗吸引去，也不敢再追上前去看看命运的。密司F不消说是即刻就把小周找到手。

直到密司F走到身边来小周才知道。

"你为什么一个人却来此地玩？"

"那你？"

一个坐着一个站着，两人相对笑，于是站着那个就酥酥软软挨到身边坐下来，这一坐，下期周刊诗的题目变了一个了。

我再说一遍：时间是三月快完了，桃李杏花是已在花瓣落后缀有许多黄豆大的青子了。丁香花开得那样的繁密，像是除专为助长年青人爱情，成全年青情人在它枝下偷偷悄悄谈情话外无什么意思。草，短短的，在丁香下生长的，那是褥子，也只单为一对情人坐在那上面做一些神秘的事情才能长得那么齐。

池子边是算得S教授住处顶僻静树多的一个好地方。虽然这些人都向这地方走来，一些小土坡，这里那里堆起来，却隔断了各人的视线。花是那么像林像幔的茂盛，还有大的高的柳树罩得池边阴凉不见天。明知是各人离得都不会很远，喊人也能听得到，但是此刻各人正是咬到耳朵说些使那听的人心跳脸红话语的时节，谁也不会前来妨碍谁。

因此大家都能随意点，恣肆点。

回头来，密司F转身到客厅，见到一个茶几上放了个柑子，口正干，不客气的就撇开吃了。大家全都不注意。只是当密司F同到一个政治学生眼光相碰时，脸红了。柑子就是这位政治学生故意放下的。她心明白了，只冷笑。她揣想：

"下一次必定又会有人提议在周刊上不得常登一些无聊诗歌的。……"

于北京东城

蜜柑

柏子

本篇发表于 1928 年 8 月 10 日《小说月报》第 19 卷第 8 号。署名甲辰。

把船停顿到岸边，岸是辰州的河岸。

于是客人可以上岸了，从一块跳板走过去。跳板一端固定在码头石级上，一端搭在船舷，一个人从跳板走过时，摇摇荡荡不可免。凡要上岸的全是那么摇摇荡荡上岸了。

泊定的船太多了，沿岸泊，桅子数不清，大大小小随意矗到空中去，桅子上的绳索像纠纷到成一团，然而却并不。

每一个船头船尾全站得有人，穿青布蓝布短汗褂，口里嗡了长长的旱烟杆，手脚露在外面让风吹，——毛茸茸的像一种小孩子想象中的妖洞里喽啰毛脚毛手。看到这些手脚，很容易记起"飞毛腿"一类英雄名称。可不是，这些人正是……桅子上的绳索揩定活车，拖拉全无从着手时，看这些飞毛腿的本领，有得是机会显露！毛脚毛手所有的不单是毛，还有类乎钩子的东西，光溜溜的桅，只要一贴身，便飞快的上去了。为表示上下全是儿戏，这些年青水手一面整理绳索一面还将在上面唱歌，那一边桅上，也有这样人时，这种歌便来回唱下去。

昂了头看这把戏的，是各个船上的伙计。看着还在下面喊着。左边右边，不拘要谁一个试上去，全是容易之至的事，只是不得老舵手

柏子

吩咐，则不敢放肆而已。看的人全已心中发痒，又不能随便爬上桅子顶尖去唱歌，逗其他船上媳妇发笑，便开口骂人。

"我的儿，摔死你！"

"我的孙，摔死了你看你还唱！"

"……"

全是无恶意而快乐的笑骂。

仍然唱，且更起劲了一点。但可以把歌唱给下面骂人的人听，当先若唱的是"一枝花"，这时唱的便是"众儿郎"了。"众儿郎"却依然笑嘻嘻的昂了头看这唱歌人，照例不能生气的。

可是在这情形中，有些船，却有无数黑汉子，用他的毛手毛脚，盘着大而圆的黑铁桶，从舱中滚出，也是那么摇摇荡荡跌到岸边泥滩上了。还有作成方形用铁皮束腰的洋布，有海带，有鱿鱼，有药材……这些东西同搭客一样，在船上舱中紧挤着卧了二十天或十二天，如今全应当登岸了。登岸的人各自还家，各自找客栈，各自吃喝，这些货物却各自为一些大脚婆子走来抱之负之送到各个堆栈里去。

在各样匆忙情形中，便正有闲之又闲的一类人在。这些人住到另一个地方，耳朵能超然于一切嘈杂声音以上，听出桅子上人的歌声，——可是心也正忙着，歌声一停止，唱歌地方代替了一盏红风灯以后，那唱歌的人便已到这听歌人的身边了。桅上用红灯，不消说是夜里了。河边夜里不是平常的世界。

落着雨，刮着风，各船上了篷，人在篷下听雨声风声，江波吼哮如癫子，船只纵互相牵连互相依靠，也簸动不止，这一种情景是常有的。坐船人对此决不奇怪，不欢喜，不厌恶，因为凡是在船上生活，这些平常人的爱憎便不及在心上滋生了。（有月亮又是一种趣味，同晚日与早露，各有不同。）然而他们全不会注意。船上人心情若必须勉强分成两种或三种，这分类方法得另作安排。吃牛肉与吃酸菜，是能左右一般水手心情的一件事。泊半途与湾口岸，这于水手们情形又稍稍不同。不必问，牛肉比酸菜合乎这类"飞毛腿"胃口，船在码头停泊他们也欢喜多了！

如今夜里既落小雨，泥滩头滑溜溜使人无从立足，还有人上岸到河街去。

这是其中之一，名叫柏子，日里爬桅子唱歌，不知疲倦，到夜来，还依然不知道疲倦，所以如其他许多水手一样，在腰边板带中塞满了铜钱，小心小心的走过跳板到岸边了。先是在泥滩上走，没有月，没有星，细毛毛雨在头上落，两只脚在泥里慢慢翻——成泥腿，快也无从了——目的是河街小楼红红的灯光，灯光下有使柏子心开一朵花的东西存在。

灯光多无数，每一小点灯光便有一个或一群水手，灯光还不及塞满这个小房，快乐却将水手们胸中塞紧，欢喜在胸中涌着，各人眼睛皆眯了起来。沙喉咙的歌声笑声从楼中溢出，与灯光同样，溢进上岸无钱守在船中的水手耳中眼中时，便如其他世界一样，反应着欢喜的是诅咒。那些不能上岸的水手，他们诅咒着，然而一颗心也摇摇荡荡上了岸，且不必冒滑滚的危险，全各以经验为标准，把心飞到所熟习的楼上去了。

酒与烟与女人，一个浪漫派文人非此不能夸耀于世人的三样事，这些喽啰们却很平常的享受着。虽然酒是酽冽的酒，烟是平常的烟，女人更是……然而各个人的心是同样的跳，头脑是同样的发迷，口——我们全明白这些平常时节只是吃酸菜南瓜臭牛肉以及说点下流

013

柏子

话的口，可是到这时也粘粘糍糍，也能找出所蓄于心各样对女人的诣谀言语，献给面前的妇人，也能粗粗卤卤的把它放到妇人的脸上去，脚上去，以及别的位置上去。他们把自己沉浸在这欢乐空气中，忘了世界，也忘了自己的过去与未来。女人则帮助这些可怜人，把一切穷苦一切期望从这些人心上挪去。放进的是类乎烟酒的兴奋与醉麻。在每一个妇人身上，一群水手同样作着那顶切实的顶勇敢的好梦，预备将这一月贮蓄的金钱与精力，全倾之于妇人身上，他们却不曾预备要人怜悯，也不知道可怜自己。

他们的生活，若说还有使他们在另一时反省的机会，仍然是快乐的吧。这些人，虽然缺少眼泪，却并不缺少欢乐的承受！

其中之一的柏子，为了上岸去找寻他的幸福，终于到一个地方了。

先打门，用一个水手通常的章法，且吹着哨子。

门开后，一只泥腿在门里，一只泥腿在门外，身子便为两条胳膊缠紧了，在那新刮过的日炙雨淋粗糙的脸上，就贴紧了一个宽宽的温暖的脸子。

这种头香油是他所熟习的。这种抱人的章法，先虽说不出，这时一上身却也熟习之至。还有脸，那么软软的，混着脂粉的香，用口可以吮吸。到后是，他把嘴一歪，便找到了一个湿的舌子了，他咬着。

女人挣扎着，口中骂着：

"悖时的！我以为你到常德府被婊子尿冲你到洞庭湖了！"

"老子把你舌子咬断！"

"我才要咬断你……"

进到里面的柏子，在一盏"满堂红"灯下立定。妇人望他痴笑。这一对是并肩立着，他比她高一个头，他蹲下去，像整理橹绳那样扳了妇人的腰身时,妇人身便朝前倾。

"老子摇橹摇厌了,要推车。"

"推你妈!"妇人说,一面搜索柏子身上的东西。搜出的东西便往床上丢去,又数着东西的名字。"一瓶雪花膏,一卷纸,一条手巾,一个罐子——这罐子装什么?"

"猜呀!"

"猜你妈,忘了为我带的粉吗?"

"你看那罐子是什么招牌!打开看!"

妇人不认识字,看了看罐上封皮,一对美人儿画相。把罐子在灯前打开,放鼻子边闻闻,便打了一个嚏。柏子可乐了,不顾妇人如何,把罐子抢来放在一条白木桌上,便擒了妇人向床边倒下去。

灯光明亮,照着一堆泥脚迹在黄色楼板上。

外面雨大了。

张耳听,还是歌声与笑骂声音。房子相间多只一层薄薄白木板子,比吸烟声音还低一点的声音也可以听出,然而人全无闲心听隔壁。

柏子的纵横脚迹渐干了,在地板上也更其分明。灯光依然,对一对横搁在床上的人照得清清楚楚。

"柏子,我说你是一个牛。"

"我不这样,你就不信我在下头是怎么规矩!"

"你规矩!你赌咒你干净得可以进天王庙!"

"赌咒也只有你妈去信你,我不信。"

柏子只有如妇人所说,粗卤得同一只小公牛一样。到后于是喘息了,松弛了,像一堆带泥的吊船棕绳,散漫的搁在床边上。

柏子

肥肥的奶子两手抓紧，且用口去咬。又咬她的下唇，咬她的膀子，咬她的大腿……一点不差，这柏子就是日里爬桅子唱歌的柏子。

妇人望到他这些行为发笑，妇人是翻天躺的。

过一阵，两人用一个烟盘作长城，各据长城一边烧烟吃。

妇人一旁烧烟一旁唱《孟姜女》给柏子听，在这样情形下的柏子，喝一口茶且吸一泡烟，像是作皇帝。

"婊子我告给你听，近来下头媳妇才标得要命！"

"你命怎么不要去，又跟船到这地方来？"

"我这命送她们，她们也不要。"

"不要的命才轮到我。"

"轮到你，你这……，好久才轮到我！我问你，到底有多少日子才轮到我？"

妇人嘴一扁，举起烟枪把一个烧好的烟泡装上，就将烟枪送过去塞了柏子的嘴，省得再说混话。

柏子吸了一口烟，又说："我问你，昨天有人来？"

"来你妈！别人早就等你。我算到日子，我还算到你这尸……"

"老子若是真在青浪滩上泡坏了，你才乐！"

"是，我才乐！"妇人说着便稍稍生了气。

柏子是正要妇人生气才欢喜的。他见妇人把脸放下，便把烟盘移到床头去。长城一去情形全变了。一分钟内局面成了新样子。柏子的泥腿从床沿下垂，绕了这腿的上部的是用红绸作就套鞋的小脚。

一种丑的努力，一种神圣的愤怒，是继续，是开始。

柏子冒了大雨在河岸的泥滩上慢慢的走着，手中拿的是一段燃着火头的废缆子,光旺旺的照到周围三尺远近。光照前面的雨成无数返光的线,柏子全无所遮蔽的从这些线林穿过,一双脚浸在泥水里面,——把事情作完了,他回船上去。

雨虽大,也不忙。一面怕滑倒,一面有能防雨——或者不如说忘雨的东西吧。

他想起眼前的事心是热的。想起眼前的一切,则头上的雨与脚下的泥,全成为无须置意的事了。

这时妇人是睡眠了,还是陪别一个水手又来在那大白木床上作某种事情,谁知道。柏子也不去想这个。他把妇人的身体,记得极其熟习;一些转弯抹角地方,一些幽僻地方,一些坟起与一些窟窿,恰如离开妇人身边一千里,也像可以用手摸,说得出尺寸。妇人的笑,妇人的动,也死死的像蚂蝗一样钉在心上。这就够了。他的所得抵得过一个月的一切劳苦,抵得过船只来去路上的风雨太阳,抵得过打牌输钱的损失,抵得过……他还把以后下行日子的快乐预支了。这一去又是半月或一月,他很明白的。以后也将高高兴兴的作工,高高兴兴的吃饭睡觉,因为今夜已得了前前后后的希望,今夜所"吃"的足够两个月咀嚼,不到两月他可又回来了。

他的板带钱已光了,这种花费是很好的一种花费。并且他也并不是全无计算,他已预先留下了一小部分钱,作为在船上玩牌用的。花了钱,得到些什么,他是不去追究的。钱是在什么情形下得来,又在什么情形下失去,柏子不能拿这个来比较。总之比较有时像也比较过了,但结果不消说还是"合算"。

轻轻的唱着《孟姜女》,唱着《打牙牌》,到得跳板边时,柏子小心小心的走过去,预定的《十八摸》便不敢唱了——因为老板娘还在喂小船老板的奶，听到哄孩子声音，听到吮奶声音。

辰州河岸的商船各归各帮，泊船原有一定地方，各不相混。可是每一只船，把货一起就得到另一处去装货，因此柏子从跳板上摇摇荡荡上过两次岸，船就开了。

龙朱

本篇发表于 1929 年 1 月 10 日《红黑》第 1 期。署名沈从文。

写在"龙朱"一文之前

这一点文章,作在我生日,送与那供给我生命,父亲的妈,与祖父的妈,以及其同族中仅存的人一点薄礼。

血管里流着你们民族健康的血液的我,二十七年的生命,有一半为都市生活所吞噬,中着在道德下所变成虚伪庸懦的大毒,所有值得称为高贵的性格,如像那热情,与勇敢,与诚实,早已完全消失殆尽,再也不配说是出自你们一族了。

你们给我的诚实,勇敢,热情,血质的遗传,到如今,向前证实的特性机能已荡然无余,生的光荣早随你们已死去了。皮面的生活常使我感到悲恸,内在的生活又使我感到消沉。我不能信仰一切,也缺少自信的勇气。

我只有一天忧郁一天下来。忧郁占了我过去生活的全部,未来也仍然如骨附肉。你死去了百年另一时代的白耳族王子,你的光荣时代,你的混合血泪的生涯,所能唤起这被现代社会蹂躏过的男子的心,真是怎样微弱的反应!想起了你们,描写到你们,情感近于被阉割的无用人，所有的仍然还是那忧郁！

第一　说这个人

白耳族苗人中出美男子，仿佛是那地方的父母全曾参预过雕塑阿波罗神的工作，因此把美的模型留给儿子了。族长儿子龙朱年十七岁，为美男子中之美男子。这个人，美丽强壮像狮子，温和谦驯如小羊。是人中模型。是权威。是力。是光。种种比譬全是为了他的美。其他的德行则与美一样，得天比平常人都多。

提到龙朱相貌时，就使人生一种卑视自己的心情。平时在各样事业得失上全引不出妒嫉的神巫，因为有次望到龙朱的鼻子，也立时变成小气，甚至于想用钢刀去刺破龙朱的鼻子。这样与天作难的倔强野心却生之于神巫，到后又却因为这美，仍然把这神巫克服了。

白耳族，以及乌婆、猩猩、花帕、长脚各族，人人都说龙朱相貌长得好看，如日头光明，如花新鲜。正因为说这样话的人太多，无量的阿谀，反而烦恼了龙朱了。好的风仪用处不是得阿谀（龙朱的地位，已就应当得到各样人的尊敬歆羡了）。既不能在女人中煽动勇敢的悲欢，好的风仪全成为无意思之事。龙朱走到水边去，照过了自己，相信自己的好处，又时时用铜镜观察自己，觉得并不为人过誉。然而结果如何呢？因为龙朱不像是应当在每个女子理想中的丈夫那么平常，因此反而与妇女们离远了。

女人不敢把龙朱当成目标，做那荒唐艳丽的梦，并不是女人的错。在任何民族中，女子们，不能把神做对象，来热烈恋爱，来流泪流血，不是自然的事么？任何种族的妇人，原永远是一种胆小知分的兽类，要情人，也知道要什么样情人为合乎身分。纵其中并不乏勇敢不知事故的女子，也自然能从她的不合理希望上得到一种好教训。相貌堂堂是女子倾心的原由，但一个过分美观的身材，却只作成了与女子相远的方便。谁不承认狮子是孤独？狮子永远是孤独，就只为了狮子全身的纹彩与众不同。

龙朱因为美，有那与美同来的骄傲不？凡是到过青石冈的苗人，全都能赌咒作证，否认这个事。人人总说总爷的儿子，从不用地位虐待过人畜，也从不闻对长年老辈妇人女子失过敬礼。在称赞龙朱的人口中，总还不忘同时提到龙朱的相貌。全砦中，年青汉子们，有与老年人争吵事情时，老人词穷，就必定说，我老了，你青年人，干吗不学龙朱谦恭待长辈？这青年汉子，若还有羞耻心存在，必立时遁去，不说话，或立即认错，作揖赔礼。一个妇人与人谈到自己儿子，总常说，儿子若能像龙朱，那就卖自己与江西布客，让儿子得钱花用，也愿意。所有未出嫁的女人，都想自己将来有个丈夫能与龙朱一样。所有同丈夫吵嘴的妇人，说到丈夫时，总说你不是龙朱，真不配管我磨我；你若是龙朱，我做牛做马也甘心情愿。

还有，一个女人同她的情人，在山峒里约会，男子不失约，女人第一句赞美的话总是"你真像龙朱"。其实这女人并不曾同龙朱有过交情，也未尝听到谁个女人同龙朱约会过。

一个长得太标致的人，是这样常常容易为别人把名字放到口上咀嚼！

龙朱在本地方远远近近，得到的尊敬爱重，是如此。然而他是寂寞的。这人是兽中之狮，永远当独行无伴！

在龙朱面前，人人觉得是卑小，把男女之爱全抹杀，因此这族长的儿子，却永无从爱女人了。女人中，属于乌婆族，以出产多情多才貌女子著名地方的女人，也从无一个敢来在龙朱面前，闭上一只眼，荡着她上身，同龙朱挑情。也从无一个女人，敢把她绣成的荷包，掷到龙朱身边来。也从无一个女人敢把自己姓名与龙朱姓名编成一首歌，来到跳年时节唱。然而所有龙朱的亲随，所有龙朱的奴仆，又正因为美，正因为与龙朱接近，如何的在一种沉醉狂欢中享受这些年青女人小嘴长臂的温柔！

"寂寞的王子，向神请求帮忙吧。"

使龙朱生长得如此壮美，是神的权力，也就是神所能帮助龙朱的唯一事。至于要女人倾心，是人为的事啊！

要自己，或他人，设法使女人来在面前唱歌，狂中裸身于草席上面献上贞洁的身，只要是可能，龙朱不拘牺牲自己所有何物，都愿意。然而不行。任怎样设法，也不行。七梁桥的洞口终于有合拢的一日，有人能说在这高大山洞合拢以前，龙朱能够得到女人的爱，是不可信的事。

不是怕受天责罚，也不是另有所畏，也不是预言者曾有明示，也不是族中法律限止，自自然然，所有女人都将她的爱情，给了一个男子，轮到龙朱却无分了。民族中积习，折磨了天才与英雄，不是在事业上粉骨碎身，便是在爱情中退位落伍，这不是仅仅白耳族王子的寂寞，他一种族中人，总不缺少同样故事！

在寂寞中龙朱用骑马猎狐以及其他消遣把日子混过了。

日子过了四年，他二十一岁。

四年后的龙朱，没有与以前日子龙朱两样处，若说无论如何可以指出一点不同来，那就是说如今的龙朱，更像一个好情人了。年龄在这个神工打就的身体上，加上了些更表示"力"的东西，应长毛的地方生长了茂盛的毛，应长肉的地方增加了结实的肉。一颗心，则同样因年龄所补充的，是更其能顽固的预备要爱了。

他越觉得寂寞。

虽说七梁洞并未有合拢，二十一岁的人年纪算青，来日正长，前途大好，然而什么时候是那补偿填还时候呢？有人能作证，说天所给别的男子的，幸福与苦恼，也将同样给龙朱么？有人敢包，说到另一时，总有女子来爱龙朱么？

白耳族男女结合，在唱歌。大年时，端午时，八月中秋时，以及跳年刺牛大祭时，男女成群唱，成群舞，女人们，各穿了峒锦衣裙，各戴花擦粉，供男子享受。平常时，在好天气下，或早或晚，在山中深洞，在水滨，唱着歌，把男女吸到一块来，即在太阳下或月亮下，成了熟人，做着只有顶熟的人可做的事。在此习惯下，一个男子不能唱歌他是种羞辱，一个女子不能唱歌她不会得到好的丈夫。抓出自己的心，放在爱人的面前，方法不是钱，不是貌，不是门阀也不是假装的一切，只有真实热情的歌。所唱的，不拘是健壮乐观，是忧郁，是怒，是恼，是眼泪，总之还是歌。一个多情的鸟绝不是哑鸟。一个人在爱情上无力勇敢自白，那在一切事业上也全是无希望可言，这样人决不是好人！

那么龙朱必定是缺少这一项，所以不行了。

事实又并不如此。龙朱的歌全为人引作模范的歌，用歌发誓的男子妇人，全采用龙朱誓歌那一个韵。一个情人被对方的歌窘倒时，总说及胜利人拜过龙朱作歌师傅的话。凡是龙朱的声音，别人都知道。

凡是龙朱唱的歌，无一个女人敢接声。各样的超凡入圣，把龙朱摒除于爱情之外，歌的太完全太好，也仿佛成为一种吃亏理由了。

有人拜龙朱作歌师傅的话，也是当真的。手下的用人，或其他青年汉子，在求爱时腹中歌词为女人逼尽，或者爱情扼着了他的喉咙，歌不出心中的事时，来请教龙朱，龙朱总不辞。经过龙朱的指点，结果是多数把女子引到家，成了管家妇。或者到山峒中，互相把心愿了销。熟读龙朱的歌的男子，博得美貌善歌的女人倾心，也有过许多人。但是歌师傅永远是歌师傅，直接要龙朱教歌的，总全是男子，并无一个青年女人。

龙朱是狮子，只有说这个人是狮子，可以作我们对于他的寂寞得到一种解释！

年青女人到什么地方去了呢？懂到唱歌要男人的，都给一些歌战胜，全引诱尽了。凡是女人都明白情欲上的固持是一种痴处，所以女人宁愿意减价卖出，无一个敢屯货在家。如今是只能让日子过去一个办法，因了日子的推迁，希望那新生的犊中也有那不怕狮子的犊在。

龙朱是常常这样自慰着度着每个新的日子的。我们也不要把话说尽，在七梁桥洞口合拢以前，也许龙朱仍然可以遇着与这个高贵的人身分相称的一种机运！

第二　说一件事

中秋大节的月下整夜歌舞，已成了过去的事了。大节的来临，反而更寂寞，也成了过去的事了。如今是九月。打完谷子了。打完桐子了。红薯早挖完全下地窖了。冬鸡已上孵，快要生小鸡了。连日晴明出太阳。天气冷暖宜人。年青妇人全都负了柴耙同笼上坡耙草。各处坡上都有歌声。各处山峒里，都有情人在用干草铺就并撒有野花的临时床上并排坐或并头睡。这九月是比春天还好的九月。

龙朱在这样时候更多无聊。出去玩，打鸠本来非常相宜，然而一出门，就听到各处歌声，到许多地方又免不了要碰到那成双的人，于是大门也不敢出了。

无所事事的龙朱，每天只在家中磨刀。这预备在冬天来剥豹皮的刀，是宝物，是龙朱的朋友。无聊无赖的龙朱，是正用着那"一日数摸挚剧于十五女"的心情来爱这宝刀的。刀用油在一方小石上磨了多日，光亮到暗中照得见人，锋利到把头发放到刀口，吹一口气发就成两截，然而还是每天把这刀来磨的。

某天，一个比平常日子似乎更像是有意帮助青年男女"野餐"的一天，黄黄的日头照满全村，龙朱仍然磨刀。

在这人脸上有种孤高鄙夷的表情，嘴角的笑纹也变成了一条对生存感到烦厌的线。他时时凝神听察堡外远处女人的尖细歌声，又时时望天空。黄的日头照到他一身，使他身上作春天温暖。天是蓝天，在蓝天作底的景致中，常常有雁鹅排成八字或一字写在那虚空。龙朱望到这些也不笑。

什么事把龙朱变成这样阴郁的人呢？白耳族，乌婆族，猂猂，花帕，长脚，……每一族的年青女人都应负责，每一对年青情人都应致歉。妇女们，在爱情选择中遗弃了这样完全人物，是委娜丝神不许可的一件事，是爱的耻辱，是民族灭亡的先兆。女人们对于恋爱不能发狂，不能超越一切利害去追求，不能选她顶欢喜的一个人，不论是白耳族还是乌婆族，总之这民族无用，近于中国汉人，也很明显了。

龙朱正磨刀，一个矮矮的奴隶走到他身边来，伏在龙朱的脚边，用手攀他主人的脚。

龙朱瞥了一眼，仍然不做声，因为远处又有歌声飞过来了。

奴隶抚着龙朱的脚也不做声。

过了一阵，龙朱发声了，声音像唱歌，在揉和了庄严和爱的调子中挟着一点愤懑，说："矮子你又不听我话，做这个样子！"

"主，我是你的奴仆。"

"难道你不想做朋友吗？"

"我的主，我的神，在你面前我永远卑小。谁人敢在你面前平排？谁人敢说他的尊严在美丽的龙朱面前还有存在必须？谁人不愿意永远为龙朱作奴作婢？谁……"

龙朱用顿足制止了矮奴的奉承，然而矮奴仍然把最后一句"谁个女子敢想爱上龙朱？"恭维得不得体的话说毕，才站起。

矮奴站起了，也仍然和平常人跪下一般高。矮人似乎真适宜于作奴隶的。

龙朱说："什么事使你这样可怜？"

"在主面前看出我的可怜，这一天我真值得生存了。"

"你太聪明了。"

"经过主的称赞呆子也成了天才。"

"我问你，到底有什么事？"

"是主人的事，因为主在此事上又可见出神的恩惠。"

"你这个只会唱歌不会说话的人，真要我打你了。"

矮奴到这时，才把话说到身上。这个时候他哭着脸，表示自己的苦恼失望，且学着龙朱生气时顿足的样子。这行为，若在别人猜来，也许以为矮子服了毒，或者肚脐被山蜂所螫，所以作这样子，表明自己痛苦，至于龙朱，则早已明白，猜得出这样的矮子，不出赌输钱或失欢女人两事了。

龙朱不作声，高贵的笑，于是矮子说：

"我的主，我的神，我的事瞒不了你的，在你面前的仆人，是又被一个女子欺侮了。"

"你是一只会唱谄媚曲子的鸟，被欺侮是不会有的事！"

"但是，主，爱情把仆人变蠢了。"

"只有人在爱情中变聪明的事。"

"是的，聪明了，仿佛比其他时节聪明了点，但在一个比自己更聪明的人面前，我看出我自己蠢得像猪。"

"你这土鹦哥平日的本事在什么地方去了？"

"平时哪里有什么本事呢，这只土鹦哥，嘴巴大，身体大，唱的歌全是学来的歌，不中用。"

"把你所学的全唱过，也就很可以打胜仗了。"

"唱过了，还是失败。"

龙朱就皱了一皱眉毛，心想这事怪。

然而一低头，望到矮奴这样矮；便了然于矮奴的失败是在身体，不是在咽喉了，龙朱失笑的说：

"矮东西，莫非是为你相貌把你事情弄坏了？"

"但是她并不曾看清楚我是谁。若说她知道我是在美丽无比的龙朱王子面前的矮奴，那她定为我引到老虎洞做新娘子了。"

"我不信你。一定是土气太重。"

029

龙朱

"主,我赌咒。这个女人不是从声音上量得出我身体长短的人。但她在我歌声上,却把我心的长短量出了。"

龙朱还是摇头,因为自己是即或见到矮人在前,至于度量这矮奴心的长短,还不能够的。

"主,请你信我的话,这是一个美人,许多人唱枯了喉咙,还为她所唱败!"

"既然是好女人,你也就应把喉咙唱枯,为她吐血,才是爱。"

"我喉咙是枯了,才到主面前来求救。"

"不行不行,我刚才还听过你恭维了我一阵,一个真真为爱情绊倒了脚的人,他决不会又能爬起来说别的话!"

"主啊,"矮奴摇着他的大的头颅,悲声的说道,"一个死人在主面前,也总有话赞扬主的完全的美,何况奴仆呢。奴仆是已为爱情绊倒了脚,但一同主人接近,仿佛又勇气勃勃了。主给人的勇气比何首乌补药还强十倍。我仍然要去了。让人家战败了我也不说是主的奴仆,不然别人会笑主用着这样的蠢人,丢了白耳族的光荣!"

矮奴就走了。但最后说的几句话,激起了龙朱的愤怒,把矮子叫着,问,到底女人是怎样的女人。

矮奴把女人的脸,身,以及歌声,形容了一次。矮奴的言语,正如他自己所称,是用一支秃笔与残余颜色,涂在一块破布上的。在女人的歌声上,他就把所有白耳族青石冈地方有名的出产比喻净尽。说到像甜酒,说到像枇杷,说到像三羊溪的鲫鱼,说到像狗肉,仿佛全是可吃的东西。矮奴用口作画的本领并不蹩脚。

在龙朱眼中,是看得出矮奴饿了,在龙朱心中,则所引起的,似乎也同甜酒狗肉引起的欲望相近。他因了好奇,不相信,就为矮奴设法，说同到矮奴一起去看。

正想设法使龙朱快乐的矮奴，见到主人要出去，当然欢喜极了，就着忙催主人快出砦门到山中去。

不到一会这白耳族的王子就到山中了。

藏在一积草后面的龙朱，要矮奴大声唱出去，照他所教的唱。先不闻回声。矮奴又高声唱，在对山，在毛竹林里，却答出歌来了。音调是花帕族中女子的音调。

龙朱把每一个声音都放到心上去，歌只唱三句，就止了。有一句留着待唱歌人解释。龙朱就告给矮奴答复这一句歌。又教矮奴也唱三句出去，等那边解释，歌的意思是：凡是好酒就归那善于唱歌的人喝，凡是好肉也应归善于唱歌的人吃，只是你好的美的女人应当归谁？

女人就答一句，意思是"好的女人只有好男子才配"。她且即刻又唱出三句歌来，就说出什么样男子是好男子的称呼。说好男子时，提到龙朱的名，又提到别的个人的名，那另外两个名字却是历史上的美男子名字，只有龙朱是活人，女人的意思是：你不是龙朱，又不是×××，你与我对歌的人究竟算什么人？

"主，她提到你的名！她骂我！我就唱出你是我的主人，说她只配同主人的奴隶相交。"

龙朱说："不行，不要唱了。"

"她胡说，应当要让她知道是只够得上为主人搭脚的女子！"

然而矮奴见到龙朱不作声，也不敢回唱出去了。龙朱的心是深深沉到刚才几句歌中去了，他料不到有女人敢这样大胆。虽然许多女子骂男人时，都总说，"你不是龙朱"。这事却又当别论了。因为这时谈到的正是谁才配爱她的问题，女人能提出龙朱名字来，女人骄傲也就可知了。龙朱想既然是这样，就让她先知道矮奴是自己的用人，再看情形是如何。

于是矮奴照到龙朱所教的，又唱了四句。歌的意思是：吃酒糟的人何必说自己量大，没有根柢的人也休想同王子要好，若认为掺了水的酒总比酒糟还行，那与龙朱的用人恋爱也就可以写意了。

谁知女子答得更妙，她用歌表明她的身分，说，只有乌婆族的女人才同龙朱用人相好，花帕族女人只有外族的王子可以论交，至于花帕苗中的自己，是预备在白耳族与男子唱歌三年，再来同龙朱对歌的。

矮子说："我的主，她尊视了你，却小看了你的仆人，我要解释我这无用的人并不是你的仆人，免得她耻笑！"

龙朱对矮奴微笑，说："为什么你不说应当说'你对山的女子，胆量大就从今天起来同我龙朱主人对歌'呢？你不是先才说到要她知道我在此，好羞辱她吗？"

矮奴听到龙朱说的话，还不很相信得过，以为这只是主人的笑话。他哪里会想到主人因此就会爱上这个狂妄大胆的女人。他以为女人不知对山有龙朱在，唐突了主人，主人纵不生气，自己也应当生气。告女人龙朱在此，则女人虽觉得羞辱了，可是自己的事情也完了。

龙朱见矮奴迟疑，不敢接声，就打一声吆喝，让对山人明白，表示还有接歌的气概，尽女人起头。龙朱的行为使矮奴发急，矮奴说："主，你在这儿我是没有歌了。"

"你照到意思唱，问她胆子既然这样大，就拢来，看看这个如虹如日的龙朱。"

"我当真要她来？"

"当真！要来我看是什么女人，敢轻视我们白耳族说不配同花帕族女子相好！"

矮奴又望了望龙朱，见主人情形并不是在取笑他的用人，就全答应下来了。他们于是等待着女子的歌声。稍稍过了些时间，女子果然又唱起来了。歌的意思是：对山的雀你不必叫了，对山的人你也不必唱了，还是想法子到你龙朱王子的奴仆前学三年歌，再来开口。

矮奴说："主，这话怎么回答？她要我跟龙朱的用人学三年歌，再开口，她还是不相信我是你最亲信的奴仆，还是在骂我白耳族的全体！"

龙朱告矮奴一首非常有力的歌，唱过去，那边好久好久不回。矮奴又提高喉咙唱。回声来了，大骂矮子，说矮奴偷龙朱的歌，不知羞，至于龙朱这个人，却是值得在走过的路上撒花的。矮子烂了脸，不知所答。年青的龙朱，再也不能忍下去了。小小心心，压着了喉咙，平平的唱了四句，声音的低平仅仅使对山一处可以明白，龙朱是正怕自己的歌使其他男女听到，因此哑喉半天的。龙朱的歌意思就是说："唱歌的高贵女人，你常常提到白耳族一个平凡的名字使我惭愧，因为我在我族中是最无用的人，所以我族中男子在任何地方都有情人，独名字在你口中出入的龙朱却仍然是独身。"

不久，那一边像思索了一阵，也幽幽的唱和起来了，歌的是：你自称为白耳族王子的人我知道你不是，因为这王子有银钟的声音，本来拿所有花帕苗年青的女子供龙朱作垫还不配，但爱情是超过一切的事情，所以你也不要笑我。所歌的意思，极其委婉谦和，音节又极其整齐，是龙朱从不闻过的好歌。因为对山的女人不相信与她对歌的是龙朱，所以龙朱不由得不放声唱了。

这歌是用白耳族顶精粹的言语，自白耳族顶纯洁的一颗心中摇着，从白耳族一个顶甜蜜的口中喊出,成为白耳族顶热情的音调,这样一来所有一切声音仿佛全哑了。一切鸟声与一切远处歌声,全成了这王子歌时和拍的一种碎声,对山的女人,从此沉默了。

龙朱的歌一出口,矮奴就断定了对山再不会有回答。这时等了一阵,还无回声,矮奴说:"主,一个在奴仆当来是劲敌的女人,不在王的第二句歌已压倒了。这女人不久还说到大话,要与白耳族王子对歌,她学三十年还不配!"

矮奴问龙朱意见,许可不许可,就又用他不高明的中音唱道:

> 你花帕族中说大话的女子,
> 大话是以后不用再说了,
> 若你欢喜作白耳族王子仆人的新妇,
> 他愿意你过来见他的主同你的夫。

仍然不闻有回声。矮奴说,这个女人莫非害羞上吊了。矮奴说的只是笑话,然而龙朱却说出过对山看看的话了。龙朱说后就走,向谷里下去。跟到后面追着,两手拿了一大把野黄菊同山红果的,是想做新郎的矮奴。

矮奴常说,在龙朱王子面前,跛脚的人也能跃过阔涧。这话是真的。如今的矮奴,若不是跟了主人,这身长不过四尺的人,就决不会像腾云驾雾一般的飞!

第三　唱歌过后一天

"狮子我说过你，永远是孤独的！"白耳族为一个无名勇士立碑，曾有过这样句子。

龙朱昨天并没有寻到那唱歌人。到女人所在处的毛竹林中时，不见人。人走去不久，只遗了无数野花。跟到各处追。还是不遇。各处找遍了，见到不少好女子，女人见到龙朱来，识与不识都立起来怯怯的如为龙朱的美所征服。见到的女子，问矮奴是不是那一个人，矮奴总摇头。

到后龙朱又重复回到女人唱歌地方。望到这个野花的龙朱，如同嗅到血腥气的小豹，虽按捺到自己咆哮，仍不免要憎恼矮奴走得太慢。其实则走在前面的是龙朱，矮奴则两只脚像贴了神行符，全不自主，只仿佛像飞。不过女人比鸟儿，这称呼得实在太久了，不怕白耳族王子主仆走得怎样飞快，鸟儿毕竟是先已飞到远处去了！

天气渐渐夜下来，各处有鸡叫，各处有炊烟，龙朱废然归家了。那想作新郎的矮奴，跟在主人的后面，把所有的花丢了，两只长手垂到膝下，还只说见到了她非抱她不可，万料不到自己是拿这女人在主人面前开了多少该死的玩笑。天气当时原是夜下来了。矮奴是跟在龙朱王子的后面，望不到主人的颜色。一个聪明的仆人，即或怎样聪明，总也不会闭了眼睛知道主人的心中事！

龙朱过的烦恼日子以昨夜为最坏。半夜睡不着，起来怀了宝刀，披上一件豹皮褂，走到堡墙上去外望。无所闻，无所见，入目的只是远山上的野烧明灭。各处村庄全睡尽了。大地也睡了。寒月凉露，助人悲思，于是白耳族的王子，仰天叹息，悲叹自己。且远处山下，听到有孩子哭,好像半夜醒来吃奶时情形,龙朱更难自遣。

龙朱想,这时节,各地各处,那洁白如羔羊温和如鸽子的女人,岂不是全都正在新棉絮中做那好梦?那白耳族的青年,在日里唱歌疲倦了的心,作工疲倦了的身体,岂不是在这时也全得到休息了么?只是那扰乱了白耳族王子的心的女人,这时究竟在什么地方呢?她不应当如同其他女人,在新棉絮中做梦。她不应当有睡眠。她应当这时来思索她所歆慕的白耳族王子的歌声。她应当野心扩张,希望我凭空而下。她应当为思我而流泪,如悲悼她情人的死去。……但是,这究竟是什么人的女儿?

烦恼中的龙朱,拔出刀来,向天作誓,说:"你大神,你老祖宗,神明在左在右:我龙朱不能得到这女人作妻,我永远不与女人同睡,承宗接祖的事我不负责!若是爱要用血来换时,我愿在神面前立约,砍下一只手也不悔!"

立过誓的龙朱,回到自己的屋中,和衣睡了。睡了不久,就梦到女人缓缓唱歌而来,穿白衣白裙,头发披在身后,模样如救苦救难观世音。女人的神奇,使白耳族王子屈膝,倾身膜拜。但是女人却不理,越去越远了,白耳族王子就赶过去,拉着女人的衣裙,女人回过头就笑。女人一笑龙朱就勇敢了,这王子猛如豹子擒羊,把女人连衣抱起飞向一个最近的山洞中去。龙朱做了男子。龙朱把最武勇的力,最纯洁的血,最神圣的爱,全献给这梦中女子了。

白耳族的大神是能护佑于青年情人的,龙朱所要的,业已由神帮助得到了。

今日里的龙朱,已明白昨天一个好梦所交换的是些什么了,精神反而更充足了一点,坐到那大凳上晒太阳,在太阳下深思人世苦乐的分界。

矮奴走进院中来，仍复来到龙朱脚边伏下，龙朱轻轻用脚一踢，矮奴就乘势一个斤斗，翻然立起。

"我的主，我的神，若不是因为你有时高兴，用你尊贵的脚踢我，奴仆的斤斗决不至于如此纯熟！"

"你该打十个嘴巴。"

"那大约是因为口牙太钝，本来是得在白耳族王子跟前的人，无论如何也应比奴仆聪明十倍！"

"唉，矮陀螺，你是又在做戏了。我告了你不知道有多少回，不许这样，难道全都忘记了么？你大约似乎把我当作情人，来练习一精粹的谄媚技能吧。"

"主，惶恐！奴仆是当真有一种野心，在主面前来练习一种技能，便将来把主的神奇编成历史的。"

"你是近来赌博又输了，总是又缺少钱扳本。一个天才在穷时越显得是天才，所以这时的你到我面前时话就特别多。"

"主啊，是的，是输了。损失不少。但这个不是金钱，是爱情！"

"你肚子这样大，爱情总是不会用尽！"

"用肚子大小比爱情贫富，主的想象是历史上大诗人的想象。不过，……"

矮奴从龙朱脸上看出龙朱今天情形不同往日，所以不说了。这据说爱情上赌输了的矮奴，看得出主人有出去的样子，就改口说：

"主，今天这样好的天气，是日神特意为主出游而预备的天气，不出去像不大对得起神的一番好意！"

龙朱说："日神为我预备的天气我倒好意思接受，你为我预备的恭维我可不要了。"

"本来主并不是人中的皇帝，要倚靠恭维而生存。主是天上的虹，同日头与雨一块儿长在世界上的，赞美形容自然是多余。"

"那你为什么还是这样唠唠叨叨？"

"在美的月光下野兔也会跳舞，在主的光明照耀下我当然比野兔聪明一点儿。"

"够了！随我到昨天唱歌女人那地方去，或者今天可以见到那个人。"

"主呵，我就是来报告这件事。我已经探听明白了。女人是黄牛寨寨主的姑娘。据说这寨主除会酿好酒以外就是会养女儿。据说姑娘有三个，这是第三个，还有大姑娘二姑娘不常出来。不常出来的据说生长得更美。这全是有福气的人享受的！我的主，当我听到女人是这家人的姑娘时，我才知道我是癞蛤蟆。这样人家的姑娘，为白耳族王子擦背擦脚，勉勉强强。主若是要，我们就差人抢来。"

龙朱稍稍生了气，说："滚了吧，白耳族的王子是抢别人家的女儿的么？说这个话不知羞么？"

矮奴当真就把身卷成一个球，滚到院的一角去。是这样，算是知羞了。然而听过矮奴的话以后的龙朱，怎么样呢？三个女人就在离此不到三里路的寨上，自己却一无所知，白耳族的王子真是怎样愚蠢！到第三的小鸟也能到外面来唱歌，那大姐二姐是已成了熟透的桃子多日了。让好的女人守在家中，等候那命运中远方大风吹来的美男子作配，这是神的意思。但是神这意见又是多么自私！白耳族的王子，如今既明白了，也不要风，也不要雨，自己马上就应当走去！

龙朱不再理会矮奴就跑出去了。矮奴这时正在用手代足走路，作戏法娱龙朱，见龙朱一走，知道主人脾气，也忙站起身追出去。

"我的主,慢一点,让奴仆随在一旁!在笼中蓄养的雀儿是始终飞不远的,主你忙有什么用?"

龙朱虽听到后面矮奴的声音,却仍不理会,如飞跑向黄牛寨去。

快要到寨边,白耳族的王子是已全身略觉发热了,这王子,一面想起许多事,还是要矮奴才行,于是就蹲到一株大榆树下的青石墩上歇憩。这个地方再有两箭远近就是那黄牛寨用石砌成的寨门了。树边大路下,是一口大井。溢出井外的水成一小溪活活流着,溪水清明如玻璃。井边有人低头洗菜,龙朱望到这人的背影是一个女子,心就一动。望到一个极美的背影还望到一个大大的髻,髻上簪了一朵小黄花,龙朱就目不转睛的注意这背影转移,以为总可有机会见到她的脸。在那边,大路上,矮奴却像一只海豹匍匐气喘走来了。矮奴不知道路下井边有人,只望到龙朱深恐怕龙朱冒冒失失走进寨去却一无所得,就大声嚷:

"我的主,我的神,你不能冒昧进去,里面的狗像豹子!虽说白耳族的王子原是山中的狮子,无怕狗道理,但是为什么让笑话留给这花帕族。"

龙朱也来不及喝止矮奴,矮奴的话却全为洗菜女人听到了。听到这话的女人,就嗤的笑。且知道有人在背后了,才抬起头回转身来,望了望路边人是什么样子。

这一望情形全了然了。不必道名通姓,也不必再看第二眼,女人就知道路上的男子便是白耳族的王子,是昨天唱过了歌今天追跟到此的王子,白耳族王子也同样明白了这洗菜的女人是谁。平时气概轩昂的龙朱看日头不眱眼睛,看老虎也不动心,只略把目光与女人清冷的目光相遇,却忽然觉得全身缩小到可笑的情形中了。女人的头发能系大象，女人的声音能制怒狮，白耳族王子屈服到这寨主女儿面前，也是平平常常的一件事啊！

矮奴走到了龙朱身边，见到龙朱失神失态的情形，又望到井边女人的背影，情形明白了五分。他知道这个女人就是那昨天唱歌被主人收服的女人，且知道这时候无论如何女人也明白蹲在路旁石墩上的男子是龙朱，他不知所措对龙朱作呆样子，又用一手掩自己的口，一手指女人。

龙朱轻轻附到他耳边说："聪明的扁嘴公鸭，这时节，是你做戏的时节！"

矮奴于是咳了一声嗽。女人明知道了头却不回。矮奴于是把音调弄得极其柔和，像唱歌一样，说道：

"白耳族王子的仆人昨天做了错事，今天特意来当到他主人在姑娘面前赔礼。不可恕的过失是永远不可恕，因为我如今把姑娘想对歌的人引导前来了。"

女人头不回却轻轻说道：

"跟到凤凰飞的乌鸦也比锦鸡还好。"

"这乌鸦若无凤凰在身边，就有人要拔它的毛……"

说出这样话的矮奴，毛虽不被拔，耳朵却被龙朱拉长了。小子知道了自己猪八戒性质未脱，忙赔礼作揖。听到这话的女人，笑着回过头来，见到矮奴情形，更好笑了。

矮奴望到女人回了头，就又说道：

"我的世界上唯一良善的主人，你做错事了。"

"为什么？"龙朱很奇怪矮奴有这种话，所以问。

"你的富有与慷慨，是各苗族全知道的，所以用不着在一个尊贵的女人面前赏我的金银，那不要紧的。你的良善喧传远近，所以你故意这样教训你的奴仆，别人也相信你不是会发怒的人。但是你为什么不差遣你的奴仆，为那花帕族的尊贵姑娘把菜篮提回，表示你应当同她说说话呢？"

白耳族的王子与黄牛寨主的女儿，听到这话全笑了。

矮奴话还说不完，才责了主人又来自责。他说：

"不过白耳族王子的仆人，照理他应当不必主人使唤就把事情做好，是这样也才配说是好仆人——"

于是，不听龙朱发言，也不待那女人把菜洗好，走到井边去，把菜篮拿来挂到屈着的肘上，向龙朱眽了一下眼睛，却回头走了。

矮奴与菜篮，全像懂得事，避开了，剩下的是白耳族王子同寨主女儿。

龙朱迟了许久才走到井边去。

夜

本篇收入《石子船》,以前未见发表。这是作者以《夜》为篇名的作品之一。

她在房中。

把衣服脱了，袜子脱了，换了一件薄薄的寝衣，换了一双拖鞋，坐到床边想四点钟以前的事。但她不许自己想这件事。小茶几上放得有纸烟，她划了一根火柴，吸了一支烟。烟拈到手指间，吸了一口就又不吸了。把纸烟搁到烟灰碟里去，站起了身，到临街的窗户边去，试把窗推开。窗开了，外面的风吹进来了。她站到四层楼窗口望到下面静沉沉的街，为一些无言无语的悬到空中的灯所管领，没有一个人走路，没有一个车夫也没有一个警察，觉得街完全是死街。仿佛一切全死了。她又望对街高楼的窗口，一些同样如自己这一边还露着一片灯光的只有三处，有两处是同自己一样生活的同伴们所住，才从舞场回来，没有安睡，另一边，则从那灯光处橐橐地传着一种击打的声音，这是一个鞋匠。这鞋匠，日里睡觉，晚上做工，在太阳下他常常晒着他的成绩，挂在那窗口大钉上，因为这样所以她知道他是皮鞋工人。望到冷清清的大街，她先是有一点害怕，到后听到远处有一辆汽车跑了过街，汽车因为街头无人，速度激增，飞快如一支箭，汽车过去以后，她悄然离了窗口，仍然坐到床边了。她仍然得想四点钟以前的那一件事。

　　……这样想，是呆子的呆想罢了！

　　她又吸烟，且望桌上陈列的那从中华照相馆新摄成的自己的舞姿。那身上每一部分，每一屈折，皆露着一种迷人的年青的美丽的照片，自己看来是比别人并不两样，有些地方熟视以后，是能使心上燃烧一种情绪，仿佛对这照片是应当生着妒嫉的气的。她捏着那相片，像一个男子的姿势，把她捧在胸前，又即刻把她用力摔到屋角挂衣处去，她仍然为这美的身材愤怒了。她应当责难自己，在一些苛细的失度上加以不容让的喷视，而那天生的骄傲，又将在袒护意义上找出与端娴在一处的结局。她不能如其他人在生活上找寻那放荡的方便，然而每当她一从镜子照到自己的身影，一看到自己的相片，便认这苗条的躯干的自珍成为一种罪恶。她做梦也只是需要生活上一种属于命运那样的突变，就像忽然的、不必经过苦恼也不必经过另外一个长久时期，她就有了恋爱，不拘她爱了人或人爱了她，总而言之很突然的就同在一处，经营那共同生活了。在一些陌生的情形中做着纵心的事，她以为这样一来自己就不会再有时间的剩余来责难自己了。不过做这样梦的她的为人呢？是完全不适宜于放荡的。外形与内心，在同辈中皆有着君子的雅号，她的机会只是完成这称谓的意义，所以在谁也不明白的波涛中度着日子的她，这时仍然是独自一人。

　　……这是呆子的事，真不行！

　　她想些什么事？没有谁明白的。她觉得若来服从自己的野心，那末早晚有机会将嘲弄自己成为呆子的一时。凡是近于呆处，自然也就是许多人平常作来很简单的事，一些不与生活相熟习的野心把自己灵魂高举，把心上的火点燃，这样的事而已。她是虽然仿佛一面把这火用脚踹熄，一面从幕的一角还仍然望到那惊心动魄的情形，深深愿意有一种方便把自己掷到那一面陌生生活中去的。

四点钟以前有那样一件事。

在参加都市生活之一种的一个跳舞场中，时间还早，没有一个来客，音乐第一次作着那无聊的合奏，同伴们互相携了手跳着玩。生活开始了。她仍然如往日那么穿了她的花衣，肩上扑了粉，咬着嘴唇上了场。两分钟，过去了，第一次休息到了，她退下来坐到那原来位置上，理着自己的发。这样时节坐在并排挨身的两个同伴说话了。

其一道："他怎么说？"

另外的人就说："他说是的，他就是你所想知道的那个，那是我的朋友××，你看他不漂亮么？我就望了那年青人一眼，白脸儿郎说是××，我倒不甚相信。但他坐到那座位上，望到我们的跳舞，似乎听到朋友在介绍他了，腼腼腆腆的笑，女孩子样子手足局促，我明白这不会错了，得凌的介绍，我同他舞了一次。"

其一又说："到后，你亲自问过他没有？"

"问过的。我说，××先生，你怎也来这些地方？他很奇怪我这个话。他就说，你认识我吗？我说我从大作××一书上认识了先生一年了。他听到这话把步法也忘记了，对我望，我不知道他是为什么，他就忽然如不有我那种样子，仍然把头低下很幽雅的跟着琴声进退了。"

第一个听到这里就笑了，她说："他不懂你的意思。"

"怎么不懂？他是不相信这句话。他以为是故意说的，本来是很高兴，听到这话反而觉得跳舞场无聊，所以他只跳一次，到后就要那朋友陪他回去了。"

"你怎么知道这样详细？"

"我到后听到他朋友密司特凌说，他说他不相信一个舞女懂得到他。"

"脸白了的年青人都是这样，过两天再来时，你看我来同他……"

乐声一起，舞女全站起了身，仍然互相搭配对子，在光滑地板上把皮鞋跟擦着，奏乐人黑脸如擦了靴油，在暗红灯下反着乌金的光泽，穿白衣的堂倌们在场上穿来穿去，各人皆如莫名其妙的聚到这一间房子里，作着互相看来很可笑的行动。这时在外面，就有人停顿在街头，从音乐中如上海作家一般的领会这房子里一切异国情调了。

约莫有十一点半钟那样子，从楼下上来了三个人，三个人在楼口出现，到后是就坐到与舞女的列很相近的一个地方了。这样一来什么也分明了，她见到那两个同伴之一同初来的客人之一点头，另一白脸长身的清瘦脸庞的男子也向女人稍稍打了一个招呼。他知道刚才同伴谈话所指的××是谁了。

她痴痴的望到这年青人，把一切美观处皆发现殆尽；她想若是机会许可，在乐声起处他若会走到她身边来，那今夜是幸福的一夜了。

她不知如何，平常见过许多美男子，全不曾动心，今夜却没有见这人面以前，听到那同伴说着，羡慕着，自己就仿佛爱上这不相识的男子了。当她已经明白这新来三人之中一男子就是女人所说的男子时，心中便起了一种骚扰，不能安静。她也不在另外一些事情上，提出制止这不相宜的野心的方法。她只想，音乐一开始，这恋爱便将起一种变化，她将……

"除了心跳，接受这扶持，没有更完全的所想到必需作去的事了。"这样想着，过了一会儿，音乐当真开始了。她极力的镇静自己，看这三个人如何选择他们的对手。然而三人中只其余两人，把先前说话那两个女人接着作却尔斯登舞,其他一男子却仍然坐到原处喝红茶。

她的一个同伴被一剃头师傅样子的人带去了,她也坐到原处不动。她坐到那里不知顾忌的望男子这一方,男子似乎也注意到了,低下头想什么事那么不再把头抬起,她感到心上一种安慰。因为一面是那么腼腆,一面就像非大胆无畏不行了,这平常时节为同伴称道的君子,这时的心更顽固不移了。

音乐奏完了一曲,灯光恢复了一切,人各就了座,那另外两个男子一归座似乎是在问那男子为什么不上场,男子不做声,望着座的另一端舞女的行列,游目所遇她以为男子特别注意到她。她把头也低下了,因为她见着男子的美貌,有点软弱,自惭平庸了。男子似乎在说明他如何不舞的理由,但她耳边只嗡嗡作响,却听不真那男子说的话是不是与自己有关。不过在那附身的两个女伴,却说着使她非听不可的话。

其一说:"××今天真好看,你看那样子。"

另一个说:"凌同你说了些什么?"

"他说今夜是他把××拉来的,所以不舞。"

"你不是说你有办法么?"

"慢慢的来吧。你以为他不是男子么?凡是男子都会在一些小小节目上到女人面前醉心,这话是××说的,他自己说的话是自己体念得来,你看我使他同我跳舞。"

"你今天为什么不穿那黄衣。他是爱黄色的。"

"男子在衣服颜色上只能发生小小兴味,还要有另外的……"

那曾经说同过男子舞过一次的女子就笑了,摇着同伴的肩,说:"看你有些什么另外的使他动心。"

"我不敢包,我总不至完全失败。"

"是不是下一次要凌为你说,他必定不好推辞?"

那年长一点的,就更忍不住笑了,她说:"这样行吗?这是顶蠢的事了。要来,自然还要有另外的机会。"

"说这机会当在……"

"机会说得定么?"

两人就不再说了,互相捏着手,眼睛却全望到男子座位这一边。男子们像正在说一件故事,由凌姓述说,笑的事三人全有分。事情很坏的是在笑中她也发现了他使她倾心的一点,她一面记起了女伴所说的话,感到一点无聊,因为自己是像在完全无助无望的情形中燃着情热的火,只要那说过大话的女人,一同那男子搂在一处,这事就全无希望了。

时间还早,除了这三个男子以外还没有二十个人在场,所以当灯光复熄音乐开始时,她仍然没有为谁拉去,而那白脸男子,也仍然孤孑的坐在那里,把肘撑在桌上,端然不动,又略显忧郁的情调把视线与舞众离开,把头抬起望天花板上所饰成串的纸飘带。

她默默的想到这男子,她仿佛很知道这男子寂寞,而又感于无法把自己使男子注意的困难。然而在男子一方,却因为女人两次的侷坐一隅,不曾上场,似乎有一种无言的默契了,他在一些方便中也望过了女人多次。

她见到那说过大话的舞女,故意把身宕到近男子坐处前面来,用极固执的章法把眼睛从靠身男子的肩上溜过来对白脸男子送情,男子却略无知觉的注意到另一处。那女人的失败,使坐着无所作为的她心上多一重纠纷,因为她是不是终于也这样失败的未知,却与敌人已经失败的满意混合在一块了。

重复到了休息。她望到男子的面，另外两人坐下以后，似乎在指点场中所有的舞女，一一数着，却在每一舞女的身上加以对那男子"合不合式"的质问，那男子不点头也不摇头，静静的随了朋友的手指看过在场舞女一遍。到后仍然无目的的微笑着。

男子微笑着，她却把头低下了，她的心这时已柔软如融化的蜡。

第三次，出于她意料之外，那男子，忽然走到她身边来了，很幽雅的绅士样子站在她面前，她惶恐的稍稍迟了一会，就把手递给了男子。

仍然很沉静的，默默无声的在场中趁着音乐，末了互相一笑，微微的鞠躬，他塞在她手中的是舞券五张。分手了，各坐到原来所有的位置，他们又互相的望了一会。

这样，第四次开始了，女人不动，男子也不动。

第五次，他们又跳了一次，仍然是舞券五张。

第六次……

他们各人始终没有说过一句话，一共舞了三次。

那男子与同伴走了，走了以后听到那两个女伴说男子是住到××九号，关于男子，她所知道，只此而已。但仅仅这样，在她就已够增加这心上骚扰了。

为了那似乎很新颖体裁的沉默行为，她经过这男子三次照扶，俨然心被这男子攫走了。直到散场她没留心过另一男子，虽然此后还来了一个对她极倾心的中年商人，用着每一次两券的方法同她跳过四五次。她在场上想的是什么时候就到××去找那男子，回到住处，她仍然是这样想。

051

夜

说是呆子才这样办，就是她想到这时去×××，借了故说是有紧要事会××。她只要见到这人，就不说话，一切事不必解释也明白了。这时节，××应当睡觉了，应当因为记起夜里的事不能安睡，还应当像她一样，一颗心，失去了平衡，对了灯作着很多可笑的估计，她又这样的想，且若在这些事感生大的兴味。

她所得于男子的印象如一团月光，虽毫无声息，光辉所照竟无往不透澈如水。

因为久久不想睡觉她始觉得今晚上天气特别闷热。

……………

像是忽然听到落雨了。像是平时落雨情形，汽车从大街上溜去时，哧的拉着一种极其萧条的长声，而窗间很近地方，铁水管中就有了积水哗哗流着的声音了。她担心到××那人在街上找不到车将在雨中走回家去。

她仿佛听到有人从下面上着楼梯，橐橐的皮鞋声很像陌生，就心想，莫非是××？是××，则无疑是从别一处探知了她这住处，特意来看她了。来人果然就在门外了，她忘记是门已向内锁好，就说请。门一开，一个穿了黑色雨衣把领子高耸戴着墨色眼镜的汉子已到了她面前。

她从那雨衣裹着的身体上，看得出这人不是恶人，就说："什么？"

她意思是问来客，想知他是什么人因什么事来到这里。但男子不做声，慢慢的把帽子从头上除下，其次除了手套，又其次才除去雨衣。她看得出他是谁了，欢喜到说话不出，忙匆匆的握着了男子的双手，把他拖到一个大椅上去坐下，自己就站在他面前憨笑。

过了一会，男子又把眼镜也除去了，眼镜一去男子的美眼流盼，她几几乎不能自持了，她这时恰想到在舞场上那另一女伴的失败，不敢将态度放荡，就很矜持的拿着烟献给男子。男子把烟拈到手上却不吸，她为他擦了洋火也仍然不吸。

"吸一支不行么？"女人她这样说着，乃作媚笑。见男子把烟已经放下，望到那雨衣滴水到地板上，她就又说道："××先生，今天这样大雨，想不到还来到这地方。"

她以为男子不会说话，谁知男子却开了口，说："外面雨好大。"

谈到雨，上海的黄梅雨，北平的一年无雨，广州的日必一雨，皆说到了。

从雨说到跳舞场，从跳舞场说到舞女，舞女说到恋爱，恋爱说到了男子本身。说了半天她才知道他的无聊，但她从他精神上看，看出无聊只是往日到跳舞场的事，这时可完全两样了。

这男子具有一切有教育男子的长处，在恭维女人一事上也并不显着比他人愚笨。凡是他足所旅行到的地方，口都能找出极有诗意的比譬，减去了她的惊讶恐惧。她就清清楚楚的看着他怎样的在一个男子的职分上施展着男子的天才，心微微跳着，脸发着烧，尽他在行为方面做了一些体裁极新颖的事情。她一面迷糊如醉，一面还隐隐约约听到屋檐流水的声音，她还想着，这雨，将成为可纪念的一种东西了。另一时想来这雨声还会心跳。

这梦随了夜而消失，一去无踪。她醒来房中灯作黄光，忘了关上窗户的窗口，有比灯光为强的晨光进来了。她还不甚分明，把床头电灯活塞开关拿到手中，熄了灯。仍然躺在床上。

过了一会有一个人骑自行车按着铃从马路上跑过，她记起落雨以及与落雨在一处的事情了。赶忙到窗边去望，望到街上的灯还不曾熄，几辆黄包车很寂寞的停在路旁，地面干干的全不像夜来落过雨的样子。

  她明白了。舞女的生涯白天是睡，如今是睡的时候，她就仍然倒到床上去，把脸朝里面，还用手捂了脸。

  到夜里，她将仍然穿了绣花的丝绸衣裳，修眉饰目走到××舞场陪人跳舞。

  幽深的凤凰古城小巷中，曾诞生了许许多多不为人知的故事。

七个野人与最后一个迎春节

本篇发表于 1929 年 5 月 10 日《红黑》第 5 期。署名沈从文。

迎春节，凡属于北溪村中的男子，全是为家酿烧酒醉倒了。据说在某城，痛饮是已成为有干禁例的事了，因为那里有官，有了官，凡是近于荒唐的事是全不许可了。有官的地方，是渐渐会兴盛起来，道义与习俗传染了汉人的一切，种族中直率慷慨全会消灭，迎春节的痛饮禁止，倒是小事中的小事，算不得怎样可惜，一切都得不同了！将来的北溪，也许有设官的一天吧？到那时，人人成天纳税，成天缴公债，成天办站，小孩子懂到见了兵就害怕，家犬懂到不敢向穿灰衣人乱吠，地方上每个人皆知道了一些禁律，为了逃避法律人人全学会了欺诈，这一天终究会要来吧。什么时候北溪将变成那类情形，是不可知的，然而这一天是年青人大约可以见到的一天了。地方上，勇敢如狮的人，徒手可以搏野猪，对于地方的进化，他们是无从用力制止的。年高有德的长辈，眼见到好风俗为大都会文明侵入毁灭，也是无可奈何的。凡是有地位一点的人，皆知道新的习惯行将在人心中生长，代替那旧的一切了，在这迎春节，用烧酒醉倒是普遍的事！他们要醉倒，对于事情不再过问，在醉中把恐吓失去，则这佳节所给他们的应有的欢喜，仍然可以在梦中得到了。

仍然是耕田，仍然是砍柴栽菜，地方新的进步只是要他们纳捐，要他们在一切极琐碎极难记忆的规则下走路吃饭，有了内战时，便把他们壮年能作工的男子拉去打仗，这是有政府时对于平民的好处。什么人要这好处没有？族长，乡约或经纪人，卖肉的屠户，卖酒的老板，有了政府他就得到幸福没有？做田的，打鱼的，行巫术的，卖药卖布的，政府能使他们生活得更安稳一点没有？

他们愿意知道的，是牛羊在有了官的地方，会不会发生瘟疫？若牛羊仍然得发瘟，那就证明无须乎官了。不过这时他们还能吃不上税的家酿烧酒，还能在这社节中举行那尚保留下来的风俗，聚合了所有年青男女来唱歌作乐，聚合了所有老年人在大节中讲述各样的光荣历史与渔农知识，男子还不曾出去当兵，女子也尚无做娼妓的女子，老年人则更能尽老年人的责任。未来的事谁知道呢？过去的不能挽回，未来的无从抵当，也是自然的事！"醉了的，你们睡吧，还有那不会醉倒的，你们把葫芦中的酒向肚中灌吧。"这个歌近来唱时是变成凄凉的丧歌，失去当年的意思了。

照到这办法把自己灌醉的是太多了，只有一个地方的一群男子不曾醉倒。他们面前没有酒也没有酒葫芦，只是一堆焚得通红的火。他们人一共是七个，七个之中有六个年纪青青的，只有一个约莫有四十五岁左右。大房子中焚了一堆柴根，七个人围着这一堆火坐下，火中时时爆着小小的声音，那年长的男子便用长铁箸拨动未焚的柴尽它跌到火中心去。

房中无一盏灯，但熊熊的火光已照出这七个朴质的脸孔，且将各个人的身躯向各方画出不规则的暗影了。

那年长的汉子，拨了一阵火，忽然又把那铁箸捏紧向地面用力筑，愤愤的说道：

"一切是完了，这一个迎春节应当是最后一个了。一切是，……喝呀，醉呀，多少人还是这样想！他们愿意醉死，也不问明天的事。他们都不愿意见到穿号衣的人来此！他们都明白此后族中男子将堕落女子也将懒惰了！他们比我们是更能明白许多许多事的。新的制度来代替旧的习惯，到那时，他们地位以及财产全摇动了。……但是这些东西还是喝呀！喝呀！……"

全屋默然无声音，老人的话说完这屋中又只有火星爆裂的微声了。

静寂中，听得出邻居划拳的嚷声，与唱歌声音。许许多人是在一杯两杯情形中伏到桌上打鼾了。许许多人是喝得头脑发眩伏在儿子肩上回家了。许许多人是在醉中痛哭狂歌了。这些人，在平时，却完完全全是有业知分的正派人，一年之中的今日，历来为神核准的放纵，仅有的荒唐，把这些人变成另外一个种族了。

奇怪的是在任何地方情形如彼，而在此屋中的众人却如此。年长人此时不醉倒在地，年青人此时不过相好的女人家唱歌吹笛，只沉闷的在一堆火旁，真是极不合理的一件事！

迎春节到了最后的一个，即或如所说，在他人，也是更非用沉醉狂欢来与这唯一残余的好习惯致别不可的。这里则七个人七颗心只在一堆火上，且随到火星爆裂，终于消失了。

诸人的沉默，在沉默中可以把这屋子为读者一述。屋为土窑屋，高大像衙门，闳敞如公所。屋顶高耸为泄烟窗，屋中火堆的烟即向上窜去。屋之三面为大土砖封合，其一面则用生牛皮作帘，帘外是大坪。屋中除有四铺木床数件粗木家具及一大木柜外，壁上全是军器与兽皮。一新剥虎皮挂在壁当中，虎头已达屋顶尾则拖到地上。尚有野鸡与兔，一大堆，悬在从屋顶垂下的大藤钩上，嶷然不动。从一切的陈设上看来，则这人家是猎户无疑了。

这土屋，主人即属于火堆旁年长的一位。他以打猎为业，那壁上的虎皮就是上月他一个人用猎枪打毙的。其余六人则全是这人的徒弟。徒弟从各族有身分的家庭中走来，学习设阱以及一切拳棍医药，这有学问的人则略无厌倦的在作师傅时光中消磨了自己壮年。他每天引这些年青人上山，在家中时则把年青人聚在一处来说一切有益的知识。他凡事以身作则，忍耐劳苦，使年青人也各能将性情训练得极其有用。他不禁止年青人喝酒唱歌，但他在责任上教给了年青人一切向上的努力，酒与妇人是在节制中始能接近的。至于徒弟六人呢？勇敢诚实，原有的天赋，经过师傅德行的琢磨，智慧的陶冶，一个完人应具的一切，在任何一个徒弟中全不缺少。他们把这年长人当作父亲，把同伴当作兄弟，遵守一切的约束，和睦无所猜忌，日在欢喜中过着日子。他们上山打猎，下山与人作公平的交易。他们把山上的鸟兽打来换一切所需要的东西；枪弹，火药，箭头，弦，酒，无一不是用所获得的鸟兽换来。他们运气好时，还可以换取从远方运来的戒子绒帽之类。他们作工吃饭，在世界上自由的生活，全无一切苦楚。他们用枪弹把鸟兽猎来，复用歌声把女人引到山中。

这属于另一世界的人，也因为听到邻近有设了官设了局的事情，想起不久这样情形将影响到北溪，所以几个年青人，本应在迎春节各穿新衣，把所有野鸡、毛兔、山菇、果狸等等礼物送到各人相熟的女人家中去的，也不去了。这师傅本应到庙坛去与年长族人喝酒到烂醉如泥，也不去了。

六个年青人服从了师傅的命令，到晚不出大门，围在火前听师傅谈天，师傅把话说到地方的变更，就所知道的其余地方因有了法律结果的情形说了不少，师傅心中的愤慨，不久即转为几个年青人的愤慨了。年青人各无所言，但各人皆在此时对法律有一种漠然反感。

到此年长的人又说话了，他说：

"我们这里要一个官同一队兵有什么用处？我们要他们保护什么？老虎来时，蝗虫来时，官是管不了的。地方起了火，或涨了水，官是也不能负责的。我们在此没有赖债的人，有官的地方却有赖债的事情发生。我们在此不知道欺骗可以生活，有官地方每一个人可全靠学会骗人方法生活了。我们在此年青男女全得做工，有官地方可完全不同了。我们在此没有乞丐盗贼，有官地方是全然相反，他们就用保护平民把捐税加在我们头上了。"

官是没有用处的一种东西，这意见是大家一致了。

他们结果是约定下来，若果是北溪也有人来设官时，一致否认这种荒唐的改革。他们愿意自己自由平等的生活下来，宁可使主宰的为无识无知的神，也不要官。因为神永远是公正的，官则总不大可靠。而且，他们意思是在地方有官以后，一切事情便麻烦起来了，他们觉得生活并不是为许多麻烦事而生活的，所以这也只有那欢喜麻烦的种族才应当有政府的设立必要，至于北溪的人民，却普遍皆怕麻烦，用不着这东西！

为了终须要来的恶运，大势力的侵入，几个年青人不自量力，把反抗的责任放到肩上了。他们一同当天发誓，必将最后一滴的血流到这反抗上。他们谈论妥贴，已经半夜，各自就睡了。

若果有人能在北溪各处调查，便可以明白这一个迎春节所消耗的酒量真特别多，比过去任何一个迎春节也超过，这里的人原是这样肆无忌惮的行乐了一日，不久过年了。

不久春来了。

当春天，还只是二月，山坡全发了绿，树木茁了芽，鸟雀孵了卵，新雨一过随即是温暖的太阳，晴明了多日，山阿田中全是一旁做事一旁唱歌的人，这样时节从边县里派有人来调查设官的事了。来人是两个，会过了地方当事人，由当事人领导往各处察看，带了小孩子在太阳下取暖的主妇皆聚在一处谈论这事，来人问了无数情形，量丈了社坛的地，录下了井灶，看了两天就走了。

第二次来人是五个，情形稍稍不同：上一次是探视，这一次可正式来布置了。对于妇女特别注意，各家各户去调查女人，人人惊吓不知应如何应付，事情为猎人徒弟之一知道了，就告了师傅。师傅把六个年青人聚在一处，商量第一步反对方法。

年长人说："事情是在我们意料中出现了，我们全村毁灭的日子到了，这责任是我们的责任，应当怎么办，年青人可各供一个意见来作讨论，我们是决不承认要官管理的。"

第一个说："我们赶走了他完事。"

第二个说："我们把这些来的人赶跑。"

第三四五六意见全是这样。既然来了，不要，仿佛是只有赶走一法了。赶不走，倘必须要力，或者血，他们是将不吝惜这些，来为此事牺牲的。单纯的意识，是不拘问什么人，都是不需要官的，既然全不要这东西，这东西还强来，这无理是应当在对方了。

在这些年青简单的头脑中，官的势力这时不过比虎豹之类稍凶一点，只要齐心仍然是可以赶跑的。别的人，则不可知，至于这七人，固无用再有怀疑，心是一致了。

然而设官的事仍然进行着。一切的调查与布置，皆不因有这七人而中止。七个人明示反抗，故意阻碍调查人进行，不许乡中人引路，不许一切人与调查人来往，又分布各处，假扮引导人将调查人诱往深山，结果还是不行。

一切反抗归于无效，在三月底税局与衙门全布置妥了，这七个人一切计划无效，一同搬到山洞中去了。照例住山洞的可以作为野人论，不纳粮税，不派公债，不为地保管辖，他们这样做了。

地方官忙于征税与别的吃喝事上去了，所以这几个野人的行为，也不曾引起这些国家官吏注意。虽也有人知道他们是尚不归化的，但王法是照例不及寺庙与山洞，何况就是住山洞也不故意否认王法，当然尽他们去了。

他们几个人自从搬到山洞以后，生活仍然是打猎。猎得的一切，也不拿到市上去卖，只有那些凡是想要野味的人，就拿了油盐布匹衣服烟草来换。他们很公道的同一切人在洞前做着交易，还用自酿的烧酒款待来此的人。他们把多余的兽皮赠给全乡村顶勇敢美丽的男子，又为全乡村顶美的女子猎取白兔，剥皮给这些女子制手袖笼。

凡是年青的情人，都可以来此地借宿，因为另外还有几个小山洞，经过一番收拾，就是这野人等特为年青情人预备的。洞中并且不单是有干稻草同皮褥，还有新鲜凉水与玫瑰花香的煨芋。到这些洞里过夜的男女，全无人来惊吵的乐了一阵，就抱得很紧舒舒服服睡到天明。因为有别的原故，向主人关照不及时，就道谢也不说一声就走去，也是很平常的事。

他们自己呢，不消说也不是很清闲寂寞，因为住到这山洞的意思，并不是为修行而来的。他们日里或坐在洞中磨刀练习武艺，或在洞旁种菜舀水，或者又出到山坡头湾里坳里去唱歌。他们本分之一，就是用一些精彩嘹亮的歌声，把女人的心揪住，把那些只知唱歌取乐为生活的年青女人引到洞中来，兴趣好则不妨过夜，不然就在太阳下当天做一点快乐爽心的事，到后就陪到女人转去，送女人下山。他们虽然方便却知道节制，伤食害病是不会有的。

在这些年青人身上所穿的衣裤，以及麂皮抱兜，就是这些多情的女人手上针线为做成。他们送女人则不外乎山花山果，与小山狸皮。他们几个人出猎以前，还可以共同预约，得山羊便赠谁个最近相交的一个女人，得野狗又算谁的女人所有。他们的口除了亲嘴就是唱赞美情欲与自然的歌，不像其余的中国人还要拿来说谎的。他们各人尽力作所应作的工，不明白世界上另外那些人懒惰就是享福的理由。他们把每一天看成一个新生的天，所以在每一天中他们除了坐在洞中不出，其余的人是都得在身体与情绪上调节的极好，预备来接受这一天他们所不知道的幸福与灾难。他们不迷信命运，却能够在失败事情上不固执。譬如一天中间或无法与一小山鸡相遇，他们到时也仍然回洞，不去死守的。又譬如唱歌也有失败时，他们中不拘是谁，知道了这事情无望，却从不想到用武力与财产强迫女子倾心过。

因为一切的平均，一切的公道，他们嫉妒心也很薄弱，差不多看不出了。

那师傅，则教给这几个年青人以武艺与渔猎知识外，还教给这些年青人对于征服妇人的法宝。为了要使情人倾心，且感到接近以后的满意，他告他们在什么情景下唱什么歌，以及调节嗓子的技术。他又告他们如何训练他的情人，方能使女人快乐。他又告他们如何保养自己，才能成为一个忠于爱情的男子。他像教诗的夫子指点他们唱歌，像教体操战术的教官指点他们对付女人,到后还像讲圣谕那么告诫他们不可用不正当方法骗女人的爱情与他人的信任。

师傅各事以身作则,所以每晨起身就独早。打老虎他必当先。擒蛇时他选那大的。泅水他第一个泅过河。爬树他占那极难上的。就是于女人,他也并不因年纪稍长而失去勇敢与热诚!凡是一个女子命令到几个年青人办得下的,与他好的女子要他去做,也总不故意规避的。

人类的首领,像这样真才是值得敬仰的首领!

日子是一天一天过下来了,他们并不觉得是野人就有什么不好处。至于显而易见的好处,则是他们从不要花一个钱到那些安坐享福的人身上去。他们也不撩他,不惹他,仍然尊敬这种成天坐在大瓦屋堂上审案、罚钱、打屁股的上等人。

国家的尊严他们是明白的,但他们在生活上用不着向谁骄傲,用不着审判,用不着要别人坐牢挨打,所以他们不有一个官管理,也自己能照料活一世下来了。

他们是快快乐乐活下来了,至于北溪其余的人呢?

北溪改了司,一切地方是王上的土地,一切人民是王上的子民了,的确很快的便与以前不同了。迎春节醉酒的事真为官方禁止了。别的集社也禁止了。平时信仰天的,如今却勒令一律信仰大王,因为天的报应不可靠,大王却带了无数做官当兵的人,坐在极高大极阔气的皇城里,要谁的心子下酒只轻轻哼一声,就可以把谁立刻破了肚子挖心,所以不信仰大王也不行了。

还有不同的,是这里渐渐同别地方一个样子,不久就有种不必做工也可以吃饭的人了。又有靠说谎话骗人的大绅士了。又有靠狡诈杀人得名得利的伟人了。又有人口的卖买行市,与大规模官立鸦片烟馆了。地方的确兴隆得极快，第二年就几几乎完全不像第一年的北溪了。

　　第二年迎春节一转眼又到了，荒唐的沉湎野宴，是不许举行的，凡不服从国家法令的则有严罚，决无宽纵。到迎春节那日，凡是对那旧俗怀恋，觉得有设法荒唐一次必要的，人人皆想起了山洞中的野人。归籍了的子民有遵守法令的义务，但若是到那山洞去，就不至于再有拘束了。于是无数的人全跑到山洞聚会去了，人数将近两百，到了那里以后，作主人的见到来了这样多人，就把所猎得的果狸、山猪、白绵野鸡等等，薰烧炖炒办成了六盆佳肴，要年青人到另一地窖去抬出四五缸陈烧酒，把人分成数堆，各人就用木碗同瓜瓢舀酒喝，用手抓菜吃。客气的就合当挨饿，勇敢的就成为英雄。

　　众人一旁喝酒一旁唱歌，喝醉了酒的就用木碗覆到头上，说是做皇帝的也不过是一顶帽子搁到头上，帽子是用金打就的罢了，于是赞成这醉话的其余醉人，头上全是木碗瓜瓢以至于一块猪牙帮骨了，手中则拿的是山羊腿骨与野鸡脚及其他，作为做官做皇帝的器具，忘形笑闹跳掷，全不知道明天将有些什么事情发生。

　　第二天无事。

　　第三天，北溪的人还在梦中，有七十个持枪带刀的军人，由一个统兵官用指挥刀调度，把野人洞一围。用十个军人伏侍一个野人，于是将七个尸身留在洞中，七颗头颅就被带回北溪，挂到税关门前大树上了。出告示是图谋倾覆政府，有造反心，所以杀了。凡到吃酒的，自首则酌量罚款，自首不速察出者，抄家，本人充军，儿女发官媒卖作奴隶。

　　这故事北溪人不久就忘了，因为地方进步了。

三月一日于申城

牛

本篇发表于1929年9月10日《新月》第2卷第6、7期合刊。署名沈从文。

有这样事情发生，就是桑溪荡里住，绰号大牛伯的那个人，前一天居然在荞麦田里，同他的耕牛为一点小事生气，用木榔槌打了那耕牛后脚一下。这耕牛在平时是仿佛他那儿子一样，纵是骂，也如骂亲生儿女，在骂中还不少爱抚的。但是脾气一来不能节制自己，随意敲了一下，不平常的事因此就发生了。当时这主人还不觉得，第二天，再想放牛去耕那块工作未完事的荞麦田，牛不能像平时很大方的那么走出栏外了。牛后脚有了毛病，就因为昨天大牛伯主人那么不知轻重在气头下一榔槌的结果。

大牛伯见牛不济事，有点手脚不灵便了，牵了牛系在大坪里木桩上，蹲到牛身下去，扳了那牛脚看。他这样很温和的检察那小牛，那牛仿佛也明白了大牛伯心中已认了错，记起过去两人的感情了，就回头望到主人，眼中凝了泪，非常可怜的似乎想同大牛伯说一句有主奴体裁的话，这话意思是，"老爷，我不冤你，平素你待我很好，你打了我把我脚打坏，是昨天的事，如今我们讲和了。"

可是到这意思为大牛伯看出时，他很狡猾的用着习惯的表情，闭了一下左眼。他不再摩抚那只牛脚了。他站起来在牛的后臀上打了一拳，拍拍手说：

"坏东西，我明白你。你会撒娇，好聪明！从什么地方学来的，打一下就装走不动路？你必定是听过什么故事，以为这样当家人就可怜你了，好聪明！我看你眼睛，就知道你越长心越坏了。平时做事就不肯好好的做事，吃东西也仿佛不肯随便，这脾气是我都没有的脾气！"

说过很多聪明主人的话语了，他就走到牛头前去，当面对牛，用手指那牛头：

"你不好好的听我管教，我还要打你这里一下，在右边。这里，左边也得打一下。小孩不上学，老师有这规矩打了手心，还要向孔夫子拜，向老师拜，不许哭。你要哭吗？坏东西呀！你不知道这几天天气正好吗？你不明白五天前天上落的雨是为天上可怜我们，知道我们应当种荞麦了，为我们润湿土地好省你的气力吗？……"

大牛伯，一面教训他的牛，一面看天气。天气太好了，就仍然扛了翻犁，牵了那被教训过一顿据说是撒娇偷懒的牛，到田中去做事。牛虽然是有意同他主人讲和，当家也似乎看清楚了这一点，但实在是因为天气太好，不做事可不行，所以到后那牛就仍然瘸着在平田中拖犁，翻着那为雨润湿的土地了。大牛伯虽然是像管教小学生那么管束到他那小牛，仍然在它背上加了犁的轭，但是人在后面，看到牛一瘸一拐的一句话不说的向前奔时，心中到底不能节制自己的悲悯，觉得自己做事有点任性，不该那么一下了。他也像做父亲的所有心情，做错了事表面不服输，但心中竟过意不去，于是比平时更多用了一些力，与牛合作，让大的汗水从太阳角流到脸上，也比平时少骂那牛许多——在平时，这牛是常常因为觑望了别处风景或过路人，转身稍迟，大牛伯就创作出无数希奇古怪的名词辱骂过它的。照例天下事是这样，要求人了解，再没有比"沉默"这一件事为合式了。有些人总以为天生了人的口，就是为说话用，有心事，说话给人听，人就了解了。其实如果口是为说话才用得着一种东西，那么大牛小鸟全有口，大的口已经有那么大，说"大话"也够了，为什么又不能数一二三四呢？并且说"小话"，小鸟也赶不上人，这些事在牛伯的见解下是不会错的。

我说的在沉默中他们才能互相了解，这是一定的，如今的大牛伯同他的小牛，友谊就成立在这无言中。这时那牛一句话不说，也不呻唤，也不嚷痛，也不说"请老爷赏一点药或补几个药钱"（如果是人他必定有这样正当的于自己有利益的要求的）。这牛并且还不说到"我要报仇，非报仇不可"那样恐吓主人的话语，就是态度也缺少这切齿的不平。它只是仍然照老规矩做事，用力拖犁，使土块翻起。它嗅着新土的清香气息。它的努力在另一些方法上使主人感到了，它因为努力喘着气，因为脚跟痛苦走时没有平时灵便。但它一个字不说，它"喘气"却不"叹气"。到后大牛伯的心完全软了。他懂得它一切，了解它，不必靠那只供聪明人装饰自己的言语。

不过大牛伯心一软，话也说不出了。他如说，"朋友，是我错"，也许那牛还疑心这是谎话，这谎话一则是想用言语把过错除去，一则是谎它再发狠做事。人与人是常常有这样事情的，并不止牛可以这样多疑。他若说，"已经打过了，也无办法，我是主人，虽然是我的任性，也多半是你的服从职务不十分尽力，我们如今两抵，以后好好生活吧"，这样说，牛若听得懂他的话，牛是也不甘心的。因为它是常常自信已尽过了所能尽的力，一点不敢怠惰，至于报酬，又并不争论，主人假若是有人心，是就不至于挨一榔槌的。并且用家伙殴打，用言语抚慰，这样事别的不能证明，只恰恰证明了人类做老爷主子的不老实罢了。他们会说话。他们先是用说话把工作骗到别个身上了，到后又因为会说话，才在开口以先随意虐待了为他们作工的东西，最后的防线是说话，用言语装饰自己的道德仁慈，又用言语作惠，虽惠不费。如今的牛是正因为主人一句话不说，不引咎自责，不辩解，也不假托这事是吃醉了酒以后发生的不幸，明白了主人心情的。有些人是常常用"醉酒"这样字言作过一切岂有此理坏事的。他只是一句话不说，仍然同牛在田中来回的走，仍然嘘嘘的督促到它转弯，仍然用鞭打背。但他昨天所作的事使他羞惭，特别的用力推了犁，又特别表示在他那照例的鞭子上。他不说这罪过是谁想明白这责任，他只是处处看出了它的痛苦，而同时又看到天气。"我本来愿意让你休息，全是因为下半年的生活才不能不做事，"这种情形是他不说话中被他的牛看出了的，若是要他来说，它就反而很有理由生一种疑心，疑惑这话不甚忠实了。这大约因为太多人的说话照例是不能忠实，所以听话的人才能作这样想法的。

他同它仍然做了半天事，他没有提到过如它所意思想说"讲和"的话，但他们到后真是讲和了。

犁了一块田，他同那牛停顿在一个地方，释了牛背上的轭，他才说话。

他说："我这人老了，人老了就要做蠢事。我想你玩半天，养息一会，就能好。"

他就让牛在有水草的沟边去玩，吃草饮水，自己坐到犁上想事情。他的的确确是打量他的牛明天就会全好了的。他还没有把荞麦下田，就计算到新荞麦上市的价钱。他又计算到别的一些事情，这些事情说起来全都近于很平常的。他打火镰吸烟，吸烟看天，天蓝得怕人，高深无底，白云散布四方，大日炙人背上如春天。这时是九月，去真的春天还远。

那只牛，在水边，立了一会，水很清冷，草是枯草，它脚有苦痛，工作疲倦了这忠厚动物，它到后躺在斜坡下坪中睡了。它被太阳晒着，非常舒服的做了梦。梦到主人穿新衣，它自己则角上缠红布，两个大步的从迎春的砦里走出，预备回家。这是一只牛所能做的最光荣的好梦，因为这梦，不消说它就把一切过去的事全忘了，把脚上的痛处也忘了。

正午，山上砦子有鸡叫了，大牛伯牵他的牛回家。

回家时，它看到他主人似乎很忧愁，明白是它走路的跛足所致。它曾小心的守着老规矩好好走路，它希望它的脚快好，就是让凶恶不讲道理的兽医揉搓一阵也很愿意。

他呢，的确是有点忧愁了，就因为那牛休息时，侧身睡到草坪里，他看到它那一只被木榔槌所敲打过的腿时时缩着，似乎不是一天两日自然会好的事，又看到犁同那牛与合作所犁过的田，新翻起的土壤如开花，于是为一种不敢十分去猜想的未来事吓呆了，"万一……？"那么，荞麦价不与自己相干了，一切皆将不与自己相干了。

他在回家到路上，看到小牛的步法，想到的事完全是麦价以外的事。究竟这事是些什么？他是不能肯定的。总而言之，万一就这样了，那么，他同他的事业就全完了。这就像赌输了钱一样，同天打赌，好的命运属于天，人无分，输了，一切也应当完了。假若这样说吧，就是这牛因为这脚无意中被一榔槌，从此跛了，医不好了，除了做菜或作牛肉干，切成三斤五斤一块，用棕绳挂到灶头去熏，要用时再从灶头取下切细加辣子炒吃，没有别的意义，那末，大牛伯也死得了。

把牛系到院中木桩旁，到箩筐里去取红薯拌饭煮时的大牛伯，心上的阴影还是先前一样。

到后，抓了残食洒在院中喂鸡，望到那牛又睡下去把那后脚缩短，大牛伯心上阴影更厚了。

吃过了早饭，他就到两里外场集上去找甲长，甲长是本地方小官，也是本地方牛医。甲长如许多有名医生一样，显出非常忙迫而实在又无什么事的样子。他们是老早很熟了的。

他先说话，他说："甲长，我牛脚出了毛病。"

甲长说："这是脚癣，拿点药去一擦就好。"

他说："不是的。"

"你怎么知道不是，近来患脚癣的极多，今天有两个桑溪人的牛都有脚癣。"

"不是癣，是伤了的。"

"我有伤药。"这甲长意思是大凡是脚只有一种伤，就是碰了石，他的伤药也就是为这一种伤所配合的。

大牛伯到后才说这是他用木榔槌打了一下的结果。

他这样接着说：

"……我恐怕那么一下太重了，今天早上这东西就对我哭，好像要我让它放工一天。你说怎样办得到？天雨是为方便我们落的。天上出日头，也是方便我们，不在这几天耕完，我们还有什么时候？我仍然扯了它去。一个上半天我用的力气还比它多，可是它不行了，睡到草坪内，样子就很苦。它像怕我要丢了它，看到我不作声，神气忧愁，我明白这大眼睛所想说的话，以及所有的心事。"

甲长答应同他到村里去看看那牛，到将要出门，别处送命令来了，说县里有军队过境，召集甲长会议，即刻就到会。

这甲长一面用一个乡绅的派头骂娘，一面换青泰西缎马褂，喊人备马，喊人为衙门人办点心，忙得不亦乐乎，大牛伯叹了一口气，一人回家了。

回到家来他望到那牛，那牛也望到他，两个真正讲了和，两个似乎都知道这脚不是一天可好的事了，在自己认错，大牛伯又小心的扳了一回牛脚，看那伤处，用了一些在五月初五挖来的平时给人揉跌打损伤的草药，敷在牛脚上去，用布片包好，牛像很懂事，规规矩矩尽主人处理，又规规矩矩回牛棚栏里去睡。

晚上听到牛龁草声音，大牛伯拿了灯到照过好几次，这牛明白主人是因为它的原故晚睡的，每遇到大牛伯把一个圆大的头同一盏桐油灯从棚栏边伸进时，总睁大了眼睛望它主人。

他从不问它"好了吗？"或"吃亏么？"那一类话，它也不告他"这不要紧"或"我请你放心"那类话，他们的互相了解不在言语，而他们却是真真很了解的。

这夜里牛也有很多心事，它是明白他们的关系的。他用它帮助，所以同它生活，但一到了他看出不能用到它的时候，它就将让另外一种人牵去了。它还不很清楚牵去了以后将做什么用途，不过间或听到主人的愤怒中说"发瘟的，""作牺牲的，""到屠户手上去，"这一类很奇怪的名字时，总隐隐约约看得出只要一与主人离开，所得的痛苦就不止是诅骂同鞭打了。为了这不可知的未来，它如许多蠢人一样，对这问题也很想了一些时间，譬若逃走离开那屠户，或用角触那凶人同他拼命，又或者……它只不会许愿，因为许愿是人才懂这个事，并且凡是许愿求天保佑，多说在灾难过去幸福临门时，杀一只牛或杀猪

075

杀羊,至少必须一只鸡,假如人没有东西可许(如这一只牛,却什么也没有是它自己的,只除了不值价的从身上取出的精力),那么天也不会保佑这类人的。

这牛迷迷胡胡时就又做梦,梦到它能拖了三具犁飞跑,犁所到处土皆翻起如波浪,主人则站在耕过的田里,膝以下皆为松土所掩,张口大笑。当到这可怜的牛做着这样的好梦时,那大牛伯是也在做着同样的梦的。他只梦到用四床大晒谷簟铺在坪里,晒簟上新荞堆高如小山,抓了一把褐色荞子向太阳下照,荞子在手上皆放乌金光泽。那荞就是今年的收成,放在坪里过斛上仓,竹筹码还是从甲长处借来的,一大捆丢到地下,哗的响了一声。而那参预这收成的功臣,——那只小牛,就披了红站在身边,他于是向它说话,他说话的神气如对多年老友。他就说,"朋友,今年我们好了。我们可以把这围墙打一新的了;我们可以换一换那腰门了;我们可以把坪坝栽一点葡萄了;我们……"他全是用"我们"的字言,是仿佛这一家的兴起,那牛也有分,或者是光荣,或者是实用。他于是俨然望到那牛仍然如平时样子,水汪汪的眼睛中写得有字,说是"完全同意"。

好梦是生活的仇敌,是神给人的一种嘲弄,所以到大牛伯醒来,他比起没有做梦的平时更多不平。他第一先明白了荞麦还不上仓,其次就记起那用眼睛说"完全同意"的牛是还在栏中受苦了,天还不曾亮,就又点了灯到栏中去探望那"伙计"。他如做梦一样,喊那牛做伙计,问它上了药是不是好了一点。牛不做声,因为它不能说它正做了什么梦。它很悲惨的看到主人,且记起了平常日子的规矩,想站起身来,跟到主人出栏。

它站起走了两步，他看它还是那样瘸跛，哺的把灯吹熄，叹了一口气，走向房里躺在床上了。

他们都在各自流泪。他们都看出梦中的情形是无希望的神迹了，对于生存，有一种悲痛在心。

到了平时下田的早上，大牛伯却在官路上走，因为打听得十里远近的得虎营有师傅会治牛病，特意换了一件衣，用红纸封了两百钱，预备走到那营砦去请牛医为家中伙计看病。到了那里被狗吓了一阵，师傅又不凑巧，出去了，问明白了不久会回来，他想这没有办法，就坐到那砦子外面大青树下等。在那大青树下就望到别人翻过的田，八十亩，一百亩，全在眼前炫耀，等了半天，师傅才回家，会了面，问到情形，这师傅也一口咬定是牛癀。

大牛伯说："不是，我是明白我那一下分量稍重了点，或打断了筋。"

"那是伤转癀，拿这药去就行。"

大牛伯心想，癀药我家还少？要走十里路来讨这东西！把嘴一瘪，做了一个可笑的表情。

说也奇怪，先是说得十分认真了，决不能因这点点事走十里路。到后大牛伯忽然想透了，明白是包封太轻了，答应了包好另酬制钱一串，这医生心活动，就不久同大牛伯在官路上奔走，取道回桑溪了。

这名医与大城中名医并不两样，到了家，先喝酒取暖，吃点心饭，饭用过以后，剔完牙齿，又吃一会烟，才要主人把牛牵到坪中来，把衣袖卷到肘上，拿了针，由帮手把牛脚扳举，才略微用手按了按伤处，看看牛的舌头同耳朵。因为要说话，他就照例对于主人的冒失，加以一种责难。说是这东西打狠了是不行的。又对主人随便把治人伤药敷用到牛脚上认为是一种将来不可大意的事情。到后是在牛脚上扎了两针把一些药用口嚼烂敷到针所扎处。包了杉木皮，说是过三天包好的话，嘱帮手拿了预许的一串白铜制钱扛到肩上，游方僧那么摇摇摆摆走了。

把师傅送走，站到门外边，一个卖片糖的本乡人从那门前大路下过身，看到了大牛伯在坎上门前站，就关照说：

"大牛伯，大牛伯，今天场上有好牛肉，知道了没有？"

"见鬼！"他这样轻轻的答应了那关照他的卖糖人，走进大门匋的把门关了。

他愿意信仰那师傅，所以想起师傅索取那制钱时一点不勉强的就把钱给了那人。但望到从官路上匆匆走去的那师傅背影尤其是那在帮手肩上的制钱一串，他有点对于这师傅惑疑，且像自己是又做错了事，不下于打那小牛一榔槌了，就懊悔起来。他以为就是这么一针也值一串二百钱，一顿点心，这显然是一种欺骗，为天所不许的欺骗，自己是上当了。那时就正有点生气，到后又为卖糖人喊到"牛肉"更不高兴了，走进门见到那牛睡在坪里，就大声辱骂，"明天杀了你吃，看你脚会好不好！"

那牛正因为被师傅扎了几针，敷了药，那只脚疼痛不过，见寒见热，听到主人这样气愤愤的骂它，睁了眼见到主人样子，心里很难过，又想哭。大牛伯见到这牛，才觉得自己仍然做错了事，不该说这话了，就坐到院坪中石碌碡上，一句话不说，以背对太阳，尽太阳炙背。天气正是适宜于耕田的天气，他想同谁去借牛把其余的几亩土地翻松一下，好落种，想不出当这样时节谁家有可借的牛。

过了一会他不能节制自己，又骂出怪话来了，他向那牛说：

"就是三只脚,你也要做事!"

它有什么可说呢?它并不是故意。它从不知道牛有理由可以在当忙的日子中休息,而这休息还是借故。天气这样好,它何尝不欢喜到田里去玩。它何尝不想为主人多尽一点力,直到了那粮食满屋满仓"完全同意"的日子。就是如今脚不行了,它何尝又说过"我不做""我要休息"一类话。主人的生气它也能原谅,因为这生气,不比其他人的无理由胡闹。可是它有什么可说呢?它能说"我明天就好"一类话吗?它能说"我们这时就去"一类话吗?它既没有说过"我要休息",当然也不必来说"我可以不休息"了。

它一切尽主人,这是它始终一贯的性格。这时节主人如果是把犁扛出,它仍然会跟了主人下田,开始做工,无一点不快的神气,无一点不耐烦。

可是说过歹要工作的主人,到后又来摩它的耳朵,摩它的眼,摩它的脸颊了,主人并不是成心想诅咒它入地狱,他正因为不愿意它同他分手,把它交给一个屠户,才有这样生气发怒的时候!它所以始终不说一句话,也就是它能理解它的主人,它明白主人在它身上所做的梦。它明白它的责任。它还料得到,再过三天脚还不能复元,主人脾气忽然转成暴躁非凡,也是应当的事。

当大牛伯走到屋里去找取镰刀削犁把上小拴时,它曾悄悄的独自在院里绕了圈走动,试试可不可以如平常样子。可怜的东西,它原是同世界上有些人类一样,不惯于在好天气下休息赋闲的。只是这一点,大牛伯却缺少理解这伙计的心,他并没有想到它还为这怠工事情难过,因为做主人的照例不能体会到做工的人畜。

大牛伯削了一些木栓,在大坪中生气似的敲打了一阵犁头,想了

079

牛

想纵然伙计三天会好也不能尽这三天空闲，因为好的天气是不比印子钱，可以用息金借来的，并且许愿也不容易得到好天气，所以心上活动了一阵，就走到别处去借牛。他估定了有三处可以说话，有一处最为可靠，有了牛他在夜间也得把那田马上耕好。

他就到了第一个有牛的熟人处去，向主人开口。

"老八，把你牛借我两三天，我送你两斗麦子。"

主人说："伯伯，你帮我想法借借牛吧，我正要找你去，我愿意出四斗麦子。"

"怎么货？你牛不是好好的么？"

"有癀，……"

"有癀？"

"请牛医看过了。"

主人知道牛伯的牛很健壮，平素又料理得极好，就反问他为什么事缺少牛用。没有把牛借到的牛伯，自然仍得一五一十的把伙计如何被自己一榔槌的故事学学，他在叙述这故事中不缺少自怨自艾的神气，可是用"追悔"是补不来"过失"的，他到没有话可说，就转到第二家去。

见到主人，主人先开口问他是不是把田已经耕完。他告主人牛生了病，不能做事。主人说：

"老汉子，你谎我。耕完了就借我用用，你那小黄是用木榔槌在背脊骨上打一百下也不会害病的。"

"打一百下？是呀，若是我在它背脊骨上打一百下，它仍然会为我好好做事。"

"打一千下？是呀也挨得下，我算定你是槌不坏牛的。"

"打一千下？是呀，……"

"打两千下也不至于。"

"打两千下，是呀，……"

说到这里两人都笑了，因为他们在这闲话上随意能够提出一种大数目，且在这数目上得到一点仿佛是近于"银钱""大麦的斛数"那种意味。他到后，就告给了主人，还只打"一下"，牛就不能行动自然了。主人还不相信，他才再来解释打的地方不是背脊，却是后脚湾。本意是来借牛，结果还是说一阵空话了事。主人的牛虽不病可是无空闲，也正在各处设法借牛乘天气好赶天气。

迨到第三处熟人家就是牛伯以为最可靠的一家去时，天色已夜了，主人不在家，下了田还没回来，问那家的女人，才明白主人花了一斛麦子借了一只牛，连同家中一只牛在田中翻土，到晚还不能即回。

转到家中，牛伯把伙计的脚检察，又想解开药包看看，若不是因为小牛有主张，表示不要看的意思，日来的药金又恐怕等于白费了。

各处皆无牛可借，自己的牛又实在不能作事，这汉子无法了，到夜里还走到附近庄子里去请帮工，用人力拖犁，说了很长的时候，才把人工约定。工人答应了明天天一亮就下田，一共雇妥两个人，加上自己，三个人的气力虽仍然不及一只牛；但总可以乘天气把土翻好了。牛伯高高兴兴的回了家，喝了一小葫芦水酒，规规矩矩用着一个虽吃酒却不闹事的醉人体裁横睡到床上，根据了田已可以下种一个理由，就胡胡涂涂做了一晚发财的梦。半夜那伙计睡不着，以为主人必定还是会忽然把一个大头同灯盏从栅栏外伸进来，谁知到天亮了以后有人喊主人名字了主人还不曾醒。

三个人用两个人在前一个人在后耕了半天田，小牛却站在田塍上吃草眺望好景致。它那情形正像小孩子因牙痛不上学的情形，望到其他学生背书，费大力气，自己才明白做学生真不容易。不过往日轮到它头上作的事，只要伤处一复元，也仍然是免不了的一件事。

在几个人合作耕田时，牛伯在后面推犁，见到伙计站在太阳下的寂寞，是曾说过"朋友你也来一角吧"那样话语的，若果这不是笑话，它绝不会推辞这个提议，但主人因为想起昨天放在医生的手背上那一串放光的制钱，所以不能不尽小牛玩了。

不过单是一事不作，任意的玩，吃草，喝水，睡卧，毫无拘束在日光下享福，这小牛还是心里很难受的。因为两个工人在拉犁时，就一面谈到杀牛卖肉的事情，他们竟完全不为站在面前的小牛设想。他们说跛脚牛如何只适宜于吃肉的理由，又说牛皮制靴做皮箱的话。这些坏人且口口声声说只有小牛肚可以下酒，小牛肉风干以后容易煨烂，小牛皮做的抱兜佩带舒服。这些人口中说的话，是无心还是有意，在小牛听来是分不清楚的。它有点讨厌他们，尤其是其中一个年青一点的人，竟说"它的病莫非是假装"那些坏话，有破坏主人对牛友谊的阴谋，虽然主人不会为这话所动，可是这人坏处是无疑了。

到了晚上，大家回家了，当主人用灯照到它时，这牛就仍然在它那水汪汪的大眼睛上，解释了自己的意思，它像是在诉说，"老爷，我明天好了，把那花钱雇来的两个工人打发去了吧。我听不惯他们的讥诮和侮辱。我愿意多花点气力把田地赶出，你放心，我一定不让好天气带来的好运气分给了一切人，你却独独无分。"

主人是懂这样意思的，因为他不久就对牛说话了，他说：

"朋友，是的，你会很快的就好了的，医生说你至多三天就好。

下田还是我们两个作配手好，我们赶快把那点地皮翻好，就下种。因为你的脚不方便，我请他们来帮忙，你瞧，我花了钱还只耕得一点点。他们哪里有你的气力？他们做工的人，近来脾气全为一些人放纵坏了，一点旧道德也不用了，他们人做的事情当不到你牛一半，却问我要钱用，要酒喝，且有理由到别处去说，'我今天为桑溪大牛伯把我当牛耕了一天田，因为吃饭的原故我不得不做事，可是现在腰也发疼了，只差比牛少挨一鞭子。'这话是免不了要说的，我是没有办法才要他们来帮忙的。"

它想说："我愿意我明天就会好，因为我不欢喜那向你要钱要酒饭的汉子。他们的心术似乎都不很好。"主人不等它说先就很懂了，主人离开栅栏时就肯定而又大声说道："我恨他们，一天花了我许多钱，还说小牛皮做抱兜相宜，真是土匪强盗！"

小牛居然很自然的同主人在一块未完事的田中翻土了，是四天以后的事，好天气还像是单因为牛伯一个人幸福的原故而保留到桑溪。他们大约再有两天就可以完事了。牛伯因为体恤到伙计的病脚不敢悭吝自己气力，小牛也因为顾虑到主人的原故，特别用力气只向前奔，他们一天所耕的田比用工人两倍还多。

于是乎，回到了家中，两位又有理由做那快乐幸福的梦了，牛伯为自己的梦也惊讶了，因为他梦到牛栏里有四只牛，有两只是花牛，生长得似乎比伙计更其体面，第二天一早起来他就走到栏边去看，且大声的告给"伙计"，说：

"朋友，你应当有伴才是事，我们到十二月再看。"

伙计想十二月还有些日子就点点头："好，十二月吧。"

到了十二月，荡里所有的牛全被衙门征发到一个不可知的地方去了，大牛伯只有成天到保正家去探信一件事可做。顺眼无意中望到弃在自己屋角的木榔槌，就后悔为什么不重重的一下把那畜生的脚打断。

菜园

本篇发表于1929年10月10日《小说月报》第20卷第10号。署名沈从文。

玉家菜园出白菜，因为种子特别，本地任何种菜人所种的都没有那种大卷心。这原因从姓上可以明白，姓玉本是旗人，菜是当年从北京带来的菜。北京白菜素来著名的。

辛亥革命以前，来城候补的是玉太爷，单名讳琛。当年来这小城时带了家眷也带了白菜种子。大致当时种来也只是为自己吃。谁知太爷一死，不久革命军推翻了清室，清宗室平时在国内势力一时失尽，顿呈衰败景象。各处地方皆有流落的旗人，贫穷窘迫，无以为生。玉家却在无意中得白菜救了一家人的灾难。玉家卖菜，从此玉家菜园成为人人皆知的地方了。

主人玉太太，年纪有五十岁，年青时节应是美人，所以到老来还可以从余剩风姿想见一二。这太太有一个儿子是白脸长身的好少年。年纪二十一，在家中读过书，认字知礼，还有世家风范。虽本地新兴绅士阶级，因切齿过去旗人的行为，极看不起旗人，如今又是卖菜佣儿子，很少同这家少主人来往。但这人家的儿子，总仍然有与平常菜贩儿子两样处。虽在当地得不到人亲近，却依然受人相当尊敬。

玉家菜园园地的照料，另雇得有人。主人设计每到秋深便令长工把园中挖窖，冬天来雪后白菜全入窖，从此一年四季城中人皆有大白菜吃。菜园廿亩地方除了白菜也还种了不少其他菜蔬，善于经营的主人，使本城人一年任何时节都可得到极好的蔬菜。也便因此，收入数目不小。十年来，因祸得福，渐渐成为小康之家了。

仿佛因为种族不同很少同人往来的玉家母子，由旁人看来，除知道这人卖菜有钱以外，其余一概茫然。

夏天薄暮，这个富于林下风度的中年妇人，穿件白色细麻布旧式衣服，拿把宫扇，朴素不华的在菜园外小溪边站立纳凉。侍立在身边的是穿白绸短衣裤的年青男子。两人常常沉默着半天不说话，听柳上晚蝉拖长了声音飞去，或者听溪水声音。溪水绕菜园折向东去，水清见底，常有小虾小鱼，鱼小到除了看玩就无用处。那时节，鱼大致也在休息了。

动风，晚风中混有素馨兰花香，茉莉花香。菜园中原有不少花木的，在微风中掠鬓，向天空柳枝空处数点初现的星，做母亲的想着古人的诗歌。想不起谁曾写下形容晚天如落霞孤鹜一类好诗句，又总觉得有人写过这样恰如其境的好诗，便笑着问那个男子，是不是能在这样情境中想出两句好诗。

"这景象，古今相同。对它得到一种彻悟，一种启示，应当写出几句好诗的。"

"这话好像古人说过了，记不起这个人。"

"我也这样想。是谢灵运，是王……不能记得，我真上年纪了。"

"母亲你试作七绝一首，我和。"

"那么，想想吧。"

做母亲的于是当真就想下去，低吟了半天，总像是没有文字能解释当前这一种境界。所谓超于言语，正如佛法，心印默契，不可言传，所以笑了。她说：

"这不行。"

稍过，又问：

"少琛，你呢？"

男子笑着说，这天气是连说话也觉得可惜的天气，做诗等于糟蹋好风光。听到这样话的母亲莞尔而笑，过了桥，影子消失在白围墙后不见了。

不过在这样晚凉天气下，母子两人走到菜园去，看工人作瓜架子，督促舀水，谈论到秋来的菜种，萝卜的市价，也是很平常的事。他们有时还到园中去看菜秧，亲自动手挖泥舀水。一切不造作处，较之斗方诗人在瓜棚下坐一点钟便拟赋五言八韵田家乐，虚伪真实，相去真不可以道里计。

冬天时，玉家白菜上了市，全城人皆吃玉家白菜。在吃白菜时节，有想到这卖菜人家居情形的，赞美了白菜总同时也就赞美了这人家母子。一切人所知有限，但所知的一点点便仿佛使人极其倾心。这城中也如别的城市一样，城中所住蠢人比聪明人多十来倍，所以竟有那种人，说出非常简陋的话，说是每一株白菜，皆经主人的手抚手摸，所以才能够如此肥茁，这原因是有根有柢的。从这样呆气的话语中，也仍然可以看出城中人如何闪耀着一种对于这家人生活优美的企羡。

做母亲的还善于把白菜制各样干菜，根叶心皆可以用不同方法制作成各种不同味道。少年人则对于这一类知识，远不及其对于笔记小说知识丰富。但他一天所做的事，经营菜园的时间却比看书写字时间多。年青人，心地洁白如鸽子毛，需要工作，需要游戏，所以菜园

菜园

不是使他厌倦的地方。他不能同人锱铢必较的算账，不过单是这缺点，也就使这人变成更可爱的人了。

他不因为认识了字就不作工，也不因为有了钱就增加骄傲。对于本地人凡有过从的，不拘是小贩他也能用平等相待。他应当属于知识阶级，却并不觉得在作人意义上，自己有特别尊重读书人必要。他自己对人诚实，他所要求于人的也是诚实。他把诚实这一件事看做人生美德，这种品性同趣味却全出之于母亲的陶冶。

日子到了应当使这年青人定婚的时候了，这男子尚无媳妇。本城的风气，已到了大部分皆男女自相悦爱才结婚，然而来到玉家菜园的仍有不少老媒人。这些媒人完全因为一种职业的善心成天各处走动，只愿意事情成就，自己从中得一点点钱财谢礼。因太想成全他人，说谎自然也就成为才艺之一种，眼见用了各样谎话都等于白费以后，这些媒人方死了心，不再上玉家菜园。

然而因为媒人的串掇，以及另一因缘，认识过玉家青年人，愿意作玉家媳妇私心窃许的，本城女人却很多很多。

二十二岁的生日，作母亲的为儿子备了一桌特别酒席，到晚来两人对坐饮酒。窗外就是菜园，时正十二月，大雪刚过，园中一白无际。已经摘下还未落窖的白菜，全成堆的在园中，白雪盖满，正像大坟。还有尚未摘取的菜，如小雪人，成队成排站立雪中。母子二人喝了一些酒，谈论到今年大雪同菜蔬，萝卜白菜皆须大雪始能将味道转浓。把窗推开了。

窗开以后园中一切皆可望到。

天色将暮，园中静静地。雪已不落了，也没有风。上半日在菜畦觅食的黑老鸹，不知到什么地方去了。母亲说：

"今年这雪真好!"

"今年刚十二月初,这雪不知还有多少次落呢。"

"这样雪落下人不冷,到这里算是希奇事。北京这样一点点雪可就太平常了。"

"北京听说完全不同了。"

"这地方近十年也变得好厉害!"

这样说话的母亲,想起二十年来在本地方住下的经过人事变迁,她于是喝了一口酒。

"你今天满二十二岁,太爷过世十八年,民国反正十五年,不单是天下变得不同,就是我们家中,也变得真可怕。我今年五十,人也老了。你爹若在世,就太好了。"

在儿子印象中只记得父亲是一个手持"京八寸"[1]人物。那时吸纸烟真有格,到如今,连做工的人也买美丽牌,不用火镰同烟杆了。这一段长长的日子中,母亲的辛苦从家中任何一事皆可知其一二。如今儿子也教养成人了,二十二岁,命好应有了孙子。听说"母亲也老了"这类话的少琛,不知如何,忽想起一件心事来了。他蓄了许久的意思今天才有机会说出。他说他想过北京。

北京方面他有一个舅父,宣统未出宫以前,还在宫中做小管事,如今听说在旃章胡同开铺子,卖水,卖西洋点心,生意不恶。

听说儿子要到北京去,作母亲的似乎稍稍吃了一惊。这惊讶是儿子料得到的,正因为不愿意使母亲惊讶,所以直到最近才说出来。然而她也挂念着那胞兄的。

[1] "京八寸"指流行于北京的一种长约八寸的旱烟袋管。

091

菜园

"你去看看你三舅，还是做别的事？"

"我想读点书。"

"我们这人家还读什么书？世界天天变，我真怕。"

"那我们俩去！"

"这里放得下吗？"

"我去三个月又回来，也说不定。"

"要去，三年五年也去了。我不妨碍你。你希望走走就走走，只是书，不读，也不什么要紧。做人不一定要多少书本知识。像我们这种人，知识多，也是灾难！"

这妇人这样慨乎其言的说后，就要儿子喝一杯，问他预备过年再去还是到北京过年。

儿子说赶考，是今年走好，且乘路上清吉，也极难得。

虽然母亲同意远行，却认为事情不必那么匆忙，因此到后仍然决定正月十五以后，再离开母亲身边。把话说过，回到今天雪上了，母亲记起忘了的一桩事情，她要他送一坛酒给做工人，因为今天不是平常的日子。八个工人喝着酒时，都很快乐。

不久过年了。

过了年，随着不久就到了少琛动身日子了。信早已写给北京的舅父，于是坐了省河小轿，到××市坐车，转武汉，再换火车，到了北京。

时间过了三年。

在这三年中，玉家菜园还是玉家菜园。但渐渐的，城中便知道玉家少主人在北京大学读书，极其出名的事了。其中经过自然一言难尽琐碎到不能记述。然而在本城，玉家还是出白菜。在家中一方面稍稍不同了的，是作儿子的常常寄报纸回来，寄书回来，作母亲的一面仍然管理菜园的事务，兼喂养一群白色母鸡，自己每天无事时，便抓玉米喂鸡，与鸡雏玩，一面读从北京所寄来的书报杂志。

地方一切新的变故甚多，革命，北伐。……于是死到野外无人收尸因而烂去了的英雄，全成了志士先烈。……于是地方的党部工会成立了。……于是马日事变年青人都杀死，工会解散党部换了人。……于是北京改成了北平。

地方改了北平，北方已平定，仿佛真命天子出世，天下快太平了，在北平地方的儿子，还是常常有信来，寄书报则稍稍少了一点。

在本城的母亲，每月寄六十块钱去，同时写信总在告给身体保重以外顺便问问有不有那种相合的女子可以订婚，母亲年纪渐老，自然对于这些事也更见其关心。大热天，三年来的母亲还是同样的不失林下风度。因儿子的原故，多知了许多时事，然而一切外形，属于美德的没有一种失去。且因一种方便，两个工人得到主人的帮助，都接亲了。母亲把这类事告给儿子时，儿子来信说这样作很对。

儿子也来过信，说是母亲不妨到北平看看，把菜园交给工人，是一样的。虽说菜园的事也不一定放不下手，但不知如何，这老年人总不曾打量过北行的事。

当这母亲接到了儿子的一封信，说本学期热天可以回家来住一月时，欢喜极了。来信还只是四月，从四月起作母亲的就在家中为儿子准备一切。凡是这老年人想到可以使儿子愉快的事皆计划到了。一到了七月，就成天盼望远行人的归来。又派人往较远的××市去接他，又花了不少钱为他添办了一些东西，如迎新娘子那么期待儿子的归来。

如期儿子回来了，更出于意外惊喜的，是同时还有一个媳妇回来。

这事情直到进了家门母亲才知道，一面还在心中作小小埋怨，一面把"新客"让到自己的住房中去，作母亲的似乎人年青了十岁。

见到脸目略显憔悴的儿子，把新媳妇指点给两个工人夫妇，说"这是我们的朋友"时，母亲欢喜得话说不出。

儿子回家的消息不久就传遍了本城，美丽的媳妇也不久就为本城人全知道了。因为是从北京方面回来的，虽然绅士们的过从仍然缺少，但渐渐有绅士们的儿子到玉家菜园中的事了。还有本地教育局，在一次集会中，也把这家从北平回来的男子与媳妇请去开会了。还有那种对未来有所倾心的年青人，从别的事情上知道了玉家儿子的姓名，因为一种倾慕，特邀集了三五同好来奉访的事了。

从母亲方面看来，儿子的外表还完全如未出门以前，儿子已慢慢是个把生活插到社会中去的人了。许多事皆仿佛天真烂漫，凡是一切往日的好处完全还保留在身上，所有新获得的知识，却融入了生活里，找不出所谓痕迹。媳妇则除了像是过分美丽不适宜于作媳妇值得忧心以外，简直没有疵点可寻。

时间仍然是热天，在门外溪边小立，听水听蝉，或在瓜棚豆畦间谈话，看天上晚霞，五年前母子两人过的日子如今多了一人。这一家仍然仿佛与一地方人是两种世界，生活中多与本城人发生一点关系，不过是徒增注意及这一家情形的人谈论到时一点企羡而已。

因为媳妇特别爱菊花，今年回家，拟定看过菊花，方过北平，所以作母亲的特别令工人留出一块地种菊花，各处寻觅佳种，督工人整理菊秧，母子们自己也动动手。已近八月的一天，吃过了饭，母子们皆在园中看菊苗，儿子穿一件短衣，把袖子卷到肘弯以上，用手代铲，两手全是泥。

母亲见一对年青人，在菊圃边料理菊花，便作着一种无害于事极其合理的祖母的幻梦。

一面同母亲说北平栽培菊花的，如何使用他种蒿草干本接枝，开花如斗的事情，一面便同蹲在面前美丽到任何时见及皆不免出惊的夫人用目光作无言的爱抚。忽然县里有人来说，有点事情，请两个年青人去谈一谈。来人连洗手的暇裕也没有留给主人，把一对年青人就"请"去了。从此一去，便不再回家了。

作母亲的当时纵稍稍吃惊，也仍然没有想到此后事情。

第二天，作母亲的已病倒在床，原来儿子同媳妇，已与三个因其他原故而得着同样灾难的青年人，陈尸到教场的一隅了。

第三天，由一些粗手脚汉子为把那五个尸身一起抬到郊外荒地，抛在业已在早一天掘就因夜雨积有泥水的大坑里，胡乱加上一点土，略不回顾的扛了绳杠到衙门去领赏，尽其慢慢腐烂去了。

作母亲的为这种意外不幸晕去数次，却并没有死去。儿子虽如此死了，办理善后，罚款，具结，她还有许多事得做。三天后大街上贴了告示，才使她同本城人同时知道儿子是××党，仿佛还亏得衙门中人因为想到要白菜吃，才没有把菜园充公。这样打量着而苦笑的老年人，不应当就死去，还得经营菜园才行，她于是仍然卖菜，活下来了。

秋天来时菊花开遍了一地。

主人对花无语，无可记述。

玉家菜园或者终有一天会改作玉家花园，因为园中菊花多而且好，有地方绅士和新贵强借作宴客的地方了。

骤然憔悴如七十岁的女主人，每天坐在园里空坪中喂鸡，一面回想一些无用处的旧事。

玉家菜园从此简直成了玉家花园。内战不兴，天下太平，到秋天来地方有势力的绅士在园中宴客，吃的是园中所出产的素菜，喝着好酒，同赏菊花。因为赏菊，大家在兴头中必赋诗，有祝主人有功国家，多福多寿，比之于古人某某典雅切题的好诗，有把本园主人写作卖菜媪对于旧事加以感叹的好诗，好诗皆题壁，或镌石，预备嵌墙中作纪念。名士伟人，相聚一堂，人人尽欢而散，扶醉归去，各人回到家中一定还有机会作与五柳先生猜拳照杯的梦。

玉家菜园改称玉家花园，是主人在儿子死去三年后的事。这妇人沉默寂寞的活了三年，到儿子生日那一天，天落大雪，想这样活下去日子已够了，春天同秋天不用再来了，忽然用一根丝绦套在颈子上，便缢死了。

烟斗

本篇曾以《同志的烟斗故事》为篇名发表于1929年12月10日《小说月报》第20卷第12号。署名沈从文。

下午五点钟，王同志从被服厂出来到了大街上。

四点钟左右，稽查股办事室中，那个像是怜悯这大千世界，无时不用着一双忧愁眼睛看人的总稽查，正同他谈话。他站在那要人办事桌前面，心中三四五六不定，那个人，一面做些别的事，一面随意询问着这样那样，他就谨谨慎慎一一答应。有时无意中反质那个人一句，因为话语分量略重，常常使那汉子仿佛从梦中醒转身来，更忧愁的瞅着他，没有什么回答，就像是表示"已经够了，不许多言"的神气，他这样在稽查室中整整消磨了一点钟，到后一切已问清楚，那总稽查才说"王同志，我们事明天再谈"，他就出来了。

到了大街上，他仍然不忘记那些质问的话语。记起那总稽查的询问，同时那个人很可笑的极端忧郁的神态，也重现到他的回想上来。他把平时走路的习惯稍稍变更了，因为那询问意义，过细想来却并不如那汉子本身可笑。

平时他欢喜在一些洋货铺子前面站站，又很满意那些烟铺玻璃橱窗里陈列的深红色大小烟斗，以及灰色赭色的小牛皮烟荷包。他虽然不能够从这样东西上花个三块五块钱，却因为特别关心，那些东西的价值,每件都记得清楚明白。他站在橱窗外时,一面欣赏那些精致的烟具,一面就把那系在物品上面小小圆纸片,用铅笔写好的洋码弄得清清楚楚。间或有另外什么人也挨近窗边,对烟斗引起了同样趣味,却有想明白这东西价钱的神气——不消说,那时恰是系在货物上的小纸片有字一面覆着的时候,——他先看看这个人,看出不是本地的空头了,就像是为烟店花钱雇来职员那么热心亲切的来为另一人解释,第某号定价若干,某号烟斗又如何与某号烟丝袋相配。他毫不自私,恰恰把自己所欢喜的都指点给了别人。更不担心别人万一看中了意,把这烟斗买去。

从这些小事上,就可以看出这汉子的为人可爱处。但今天他却不再注意烟斗烟袋了。虽然从那铺子前面过身,见有人正在那里欣赏烟斗,也不把脚步稍停,来为人解释价钱作义务顾问了。

想起了稽查处受盘问的事情,他的心情起了小小变动。

他只想回转家里去,似乎一到了家,向那小小住房中唯一的一张旧木太师椅上一坐,面对单色总理遗像,和壁上挂的石印五彩汉寿亭侯关云长像,以及站立在汉寿亭侯身后露出一个满脸野草似的胡子大睁圆眼的周仓憨样子,在这个相熟的环境中,心一定,凡事就有了解决希望了。

一回想起稽查室的一席话,他心被搅乱了。他为人心平气和,不敢惹是生非,为什么那稽查长把他喊去,问他"属于何党"这件事?为什么还盘问在"工厂办事以外还做些什么事"的话?为什么同时还用着那全然绝望的眼睛,像非常悲悯的瞅着自己?经稽查长一问,他一面自然得诚诚实实的把自己属于办事以外的许多行为都告给那要人,他因为那稽查长似乎不需要知道从他工厂回家中路上那一段情形,所以他生活上一切几几乎都说尽了，却不曾把留恋到烟铺外面的一件事提起。他隐昧了这样一件小小秘密，那稽查长自然全不注意。问题不是这件事。他心乱的却是正当那人问他属于何党何派时，他记起了三天前所抄写的一件公文，知道开除了一个同志，这办事人开除的详细理由虽不明白，但那考语上面股长却加了一行"××是××分子"。他知道近来总经理和副理事长属的党系，总以为这人被开除原因，完全是股长批的结果。因为派别不同，被服厂虽属国有，然而小组织的势力近日在任何事业任何机关中，都明目张胆的活动，既然与厂长系统不同，随时就有被开除的危险。因此一来，他就有点软弱，仿佛非赶忙回到住处，想不出保护自己的办法。

他在厂中每月拿薪津四十四元。每日的职务是低着头流汗抄写册表公文，除了例假平时不能一日过九点钟到厂。劳作与报酬之不相称，正如其他地方其他机关的下级办事人一样，有时看来，真为这些人的忍耐服从种种美德惊讶。因为生活的羁绊，一月只能拿这样一点点钱，所住的地方又是生活程度最高的地方。照例这些人虽有不少在另一时也受过很好的教育，或对党务尽过力，有过相当的训练，但革命成功的今日，他们却只有一天一天愚蠢下来，将反抗的思想转入到拥护何人即可以生活的打算上，度着一种很可悲的岁月了。在这样情形下的他，平庸无能显着旧时代衙门中公务人员的性格，无事时但把值不到十块钱的烟斗作为一种幸福的企求，稍有风声，又为职业动摇感到一种不遑宁处的惶恐，也是很自然的了。

回到了家里，他没有事作，等候包饭处送饭来，就把一册《古诗选》取出来读一读。左太冲《咏史》，阮步兵《述怀》，信手翻去，信口来读，希望从古人诗句中得到一点安慰，忘记公文程式。正咿咿哦哦读时，那赤膊赤脚肮脏到极点的小子，从楼梯口出现，站在他房外轻轻的叩着门喊，"先生先生饭来了！"正读着《前出塞诗》的他，仍然用读诗的声音说："小孩，饭拿进来！"肮脏小子推门进到再不能容第三个来人的小亭子间，连汤带水把两个仿佛从十里外拿来的冰冷的下饭菜，放在预先铺了一张《申报》纸的方桌上去，病猫似的走了，他就开始吃饭。饭一吃过，收了碗放到门外梯边，等那孩子来取。这时候，二房东已经把电灯总开关开放，他开了灯，在灯下便一面用那还是两年前到汉口花六毛钱买来的烟斗，吸着乌丝杂拌烟，一面幻想起什么时候换一个好烟斗一类事情。

他的日子过得并不与其余下级办事人两样，说起来也就并不可以引起他人注意和自己注意的理由。不过今天实在不同了一点，他自己不能不注意到自己这些情形来了。

他觉得心上画圈儿老不安宁，吃过了饭，看书无意思，吸烟也似乎无意思。

问题是：假如明天到厂就有了知会，停了职，此后怎么办？

想了半天，没有得到解决。墙上的总理不做声，汉寿亭侯也不做声，周仓虽然平素莽憨著名，这时节对他却完全没有帮助。仿佛诸事已定，无可挽回。

一切真好像无可挽救，才作退一步想。他身边还积得有六十五块大洋钱，是每月三块两块那么积下的。因为这钱，他隐约在自己将来生活上看出了一点光明。他可以拿这个钱到北平去。他想：那里是旧都，不比这势利地方。……他还想，那里或者党也如地方一样，旧的好处总还保留了一些。到了那里，找得一个两个熟人，同去区部报到，或者可以希望得到一点比这里反而较有希望的工作。这时既不以为自己的希望是愚蠢的希望,就对于停职的事稍稍宽了心。

……总理很光荣的死了,而且很热闹的埋了,没有死的为了××而活,为了××而……

这样糊糊涂涂的想下去,便睡着了。

第二天,因为睡眠极好,身心已健康了些,昨天事仿佛忘记了,仍然按时到厂中去,坐在自己原有位置上,等候科长把应办公事发下来,便动手作事。纸预备好了,墨磨好了,还无事可作,就用吸墨纸包了铜笔帽擦着,三个铜笔帽都闪着夺目的银光。

一个办公室中的同事全来到了,只有科长还不来。

他想起了昨天的事,询问近身一张桌上周同志:

"周同志,昨天稽查长叫你过去问话没有?"

周同志不懂这句话的意义,答非所问。他说他不曾作错什么事,不会过稽查股去。

"你听说我们这里什么风声没有?我好像听说改组……"

"这事情可不明白。你呢?"

他想了一下,抿口莞尔而笑。

笑过后又复茫然如有所失,因为他仿佛已经被停了职,今天是最后到这里来的一天了。他忽然向那同事说:

"我要走了。"

"要高升么?"

"那不是。恐怕非走不可。因为我是个××。你知道的。和老总不同系,我们老总是×××。古人说:'道不同不相为谋',不相为谋,那就只有各自挟卵走路。"

"你到什么地方去?"

103

烟斗

"远了,我想过北平,因为余叔岩杨小楼……"

"一定要去么,那我来饯行,明天还是后天到福兴居吃馆子,自己定个日子吧。"

"不忙。不一定!"

"还不批准么?"

"我不是告假。"

"但不听说要换什么人,你不要神经过敏。"

"昨天有人把我叫到稽查处去。问了半天。"

因为照习惯,没有什么问题的人,是不会叫到那地方取供问话的。所以听到他被问了许多,周同志也觉得有点不对了,才开始注意他那要过北平的话中意义。

周同志用着一个下级办事员照例对于党对于一切所能发生的小小牢骚,发挥着那种很可怜的无用议论,什么"应当彻底改组呀","应当拥护某同志回国呀","应当打倒某某恶化势力呀",完全一些空话。这样说着,一面像是安慰了王同事,一面自己胸中也就廓然一清了。

一会儿,科长来了。把帽脱了。大衣脱了。口含着淡黄色总统牌雪茄烟,大踏步到桌边去,开始办公。年纪还轻的科长,完全如旧官僚习气,大声喝着应答稍迟的工友,把一叠拟稿妥贴应当送过老总处画行的公文推到工友手上去。两手环抱公文的公丁,弯着腰一句话不说,从房中出去了。(这公丁,今天比平时不同,留到王同志脑中的是一个灰色憔悴的影子。)他还得等候那公丁返身时才有公文可抄,就在这空暇中生出平常所没有的对科长的反感。好像正面侧面全看过了,这科长都不应当这样很自然的把旧时代官僚资本家的脾气拿来对待厂中的工友。况且还据说是从外国受着好教育回来,一面在平时尚常常以极左倾同志自居,有这样子脾气就尤其不合理。

可是这科长的行为,并不是今天才如此,唯独在今天,才为他注意到罢了。他虽然极不平的把那被科长凌辱了的工友用同情的眼光送出去,仍然得小心听着那科长呼唤。他猜想科长今天必定有什么话对他说,而所说到的又必与自己职务相关,就略显矜持在自己位置上,且准备着问题一发生时,如何就可以在一句反质言语中,做到仿佛一击使这科长感到难堪的事。

这些无言语的愤怒,这些愚而不智的计划,在科长那一面说来,当然是意外,决没料想到。

同事之一被科长"周同志""周同志"的喊过去,把科长请客单一叠拿上手退回原处后,咯咯咯咯的磨着墨,砚石就在桌上发着单调的极端无聊的声音。事情不要他作,其中好像就有一种特别原因,他把这原因仍然放到自己要停职那一件事上去。他明白科长是××××,而他却是××。科长口上喊他"同志",就像出于十分勉强。

过了许久,送文件的公丁还是不曾回来,与往日情形似乎稍稍不同。科长扬扬长长走过三楼副理事长室去了。

他听科长皮鞋声音已上了楼梯,就叫唤坐在前面的同事:

"周同志,又是请客帖子?"

"王同志,哈,这一叠!"说时这办事人举起那未曾写过的请客帖,眉毛略皱,表示接受这分意外差事近于小小冤屈。

"他请些什么人?"

"谁知道?让我念念吧,(这人就把请客柬一纸总单念着)王处长仙舟,周团长篷甫,宋委员次珊……好热闹事情,下星期四,七点半,这一场热闹恐怕要两个月薪水吧。"

他听同事数着客单上的名字，且望到这同志而兼同事脸上的颜色，不知如何一来却对这人也生出种极大反感。便显得略略生气的说：

"周同志，这事你可做可不做，为什么不拒绝这件差事？"

周同志笑着，好像不明白他说拒绝的理由。他对那同志脸上望了一会，再低头自己把砚腹注了多量的水，露着肘，咯咯咯咯磨起墨来了。他用力磨墨，不许自己想别的事。一会儿，科长回来了，公丁也回来了，还依然用力把墨磨着。

科长像是刚从副理事长处来，对他有一种不利处置，故意作成和气异常的样子，把公文亲自送到他桌边来。若在往日这种事他将引为一种荣宠，今天却不以为意。

科长说："王同志，你今天是什么事情在心上，好像不大高兴？"

他斜眼看了科长一眼，表示不需要这种安慰。

科长不以为意，又像是故意取笑他："王同志，我听理事长说，似乎你有调到稽查股的事情。这是升级，你不知道这件事么？"

"升级么，要走就走。我姓王的革命十年，什么不见过——"像有什么东西咽在喉边，说不下去了。

他显然是在同科长开始作一种反抗，大有"拉倒"的神气。可是科长是故作夷然无事，笑着说："王同志，升级是可贺喜的一件事！"

那个在写请客柬的同事，听到了，记起先前他所说的要走的话，暂时放下了工作。"王同志，科长说您高升，这应当是真事。"

他回过头来看着写客单的周同志，努力装着一种近于报仇的刻毒样子，毫不节制自己的感情说：

"我又不会巴结人，帮人白尽过义务，哪里会得人在上司前保举。"

"王同志，你怎么说——"

"我怎么样？你说我怎的？姓王的顶天立地，声家清白，不吸鸦片烟，不靠裙带……"

科长说："王同志，你今天……"

"总而言之要走就走，谁也不想这里养老，把这事当铁饭碗。"

办公室空气骤见紧张，使三个人心中都非常不安。那年青科长，对这办事员今天的脾气有点异常，还以为是先前说到了升级使他疑心受了讥笑，以为是运动旁人的结果。写请客柬的周同志，则以为王同志是在讥诮他代科长办私事。至于他自己呢，又以为是两人皆知道了他行将停职，故意把被叫到稽查股问话的事情提出来，作为开心嘲笑。

风波无端而来，使三人都误会了。年青的科长，不欲再在这不愉快事情上加以解释，觉得这小办事员没有受过多少教育，不能在分派公文外多谈一句话，就气势不凡的坐到自己桌上办公去了。

他把科长所分派的三件公函同两件答复外省询问购买呢制军服办法的回信原稿一一看着，心中非常颓丧。科长妄自尊大的神气，尤给他心中难堪。他想在通知来到以前，应当如何保留自己一点人格。他想用言语来挽回他认为在科长面前已经失去的尊严。因为他自觉是一个忠实同志，一个因为不能同流合污被人排挤的人物。

要他把公文如平时一般做下去，在他是办不到的事。他一面看着公事，却一面想他的心事。

过一会科长在屋角一方很冷淡的用着完全上司的口吻，不自然的客气的向他说话：

"王同志，那两件信你写好了，请先送过来。那是急要的两件，今天就得寄发。"

本来已经在开始动手了，一听这话，反而把笔捏着不接写下去了。

他有得到一个同科长顶嘴的机会。他喊那正在低头写"月之几日"请客帖的同事：

"周同志，我同你说，若果你那请客帖不急要，这两件公文，我们两个人一个办一件如何？"

那同事听到了，望着科长。科长也听到了，只鼻子动动冷冷的笑着。

他这时节已准备一切决裂，索性把写就的一张信笺捏成一团丢到桌下去，曲肘在桌上，扶着个大头，抓弄头上的短发。

科长沉默的把烟含在口里，像在计划一种对于这不敬的职员的处置，另一老同事本来是同他站在一条线上，对于被驱使有着同忾，这时节仿佛被他一说，也站到科长一边去了。

大家无话可说，都非常勉强按捺着自己火性。科长虽说年少气盛，然而因为年青，仍然没有失去作学生的本色，这时节也就不知道要怎样拿出所谓上司的身份，只好沉默着。

总务股送通知的人来了。照例接过通知，应在回单簿上盖章，是王同志办的事，今天却由那周同志代做。同事把通知接过手，大略一看，不作声，送给科长去了。

看过通知的科长，冷笑着，把通知随意搁放在一旁。过了好一会才开口说道：

"王同志，今天你是最后到这里了，你高升了。过去半年，大家能够同心合作努力，真真难得。你高升了。"

他明白对于他停职的处分通知已来了，脸发着烧，放下了笔，走到科长这一面来，看通知上所写的是些什么考语。

看过通知他愕然了。

他明白他错误了。因为通知单上写的是这汉子意外的几句话。王世杰同志，忠于职务，着调稽查股，月薪照原数支领另加二十四元。……写得非常明白，毫不含糊。

忽然感着兴奋。他望着科长："科长，科长，我真是个老胡涂，我真是个王八蛋。"科长不作声，掉过头去看一件公文。

"我错了，科长。我以为是因为……被停职！"

"赶快把事情备好，等着你！"

一天风云消散，仿佛为补救自己在科长面前的过失，把公文寄完后，他咬着下唇还很高兴的为科长写一部分请客柬。一面写，一面心上说，"我真是个呆子！只胡思乱想！就不惜在一些过去了的事务上找出许多自嘲的故事。"且痛切的想着近于奢望的幸福。在街窗的一面，留连于烟斗烟袋那些事，也全想到了。

第二天，他的办公地当真移到稽查股了，因为一点事情过××科，照习惯好像作客，见旧科长和同事时，他口中却衔着一个芝麻黑色不灰木烟斗，颜色很新。周同志问，"王同志，什么时候买的，多少钱？"

他不答话，却把一个崭新的鼠灰色皮包从中山装口袋里掏出，很细致的拉着那皮包上的镀银细链条，皮包开了口，同事才知道是贮烟丝的荷包。

因为纪念这升级，他当天晚上下了大大决心，将贮蓄总数六分之一的十元数目，买了一套吸烟用具了。若果这个人善于回忆自己心情上的矛盾时，在这烟斗上，他将记忆到一些近于很可笑的蠢事。北平近来怎么样了呢？不管它怎么样，他没有旁想过北平了。有了这样精细烟具的他，风度气概都与前些日子大不相同了。

三个男子和一个女人

本篇发表于1930年10月15日《文艺月刊》第1卷第3号。署名沈从文。

中尉连附罗义,略略显得忧郁而又诙谐的说道:

有什么人知道我们的开差,为什么要落雨的理由么?

我们自己是找不出那理由的。或者这理由团部的军需才能够知道,因为没有落雨时候,开差草鞋用得很少,落了雨,草鞋的耗费就多了。但落了雨才开差,对于军需是利益还是损失,我们是又不大能够说得清楚的。照例那些事非常复杂,照例那些事团长也不大知道;因为团长是穿皮靴的。不过每次开拔总同落雨有一种密切关系,这是今年来我们遇到很巧妙事情之一种。

在大雨中作战,还有许多勇敢的人,所以在雨里开差,我们是不应当再有怨言了。雨既然时落时止,我们的油布雨衣,都很完全,我们前面办站的副官,从不因为借故落雨,便不把我们的饮食预备妥当。我们的营长,骑在马上,尽雨淋湿全身,也不害怕发生疟疾。我们在雨中穿过竹林,或在河边等候渡船,因为落雨,一切景致实在也比平常日子美丽许多。

泥浆是落雨才有的,但滑滑的走着长路,并不使人十分难过。我们是因为这样,才把应走的里数缩短的。我们还可以在方便中,借故走到一个有青年妇人的家里去,说几句俏皮话,顺便讨取几张棕衣,包到脚上。我们因为落雨,才可以随便一点,同营长在一个小盆里洗脚。一个兵士还能有机会同营长在一个盆里洗脚,这出乎军纪风纪以上的放肆,在我们那时节,是不什么容易得到的机会!

我们走了四天,到了我们所要到的地点。天气是很有趣味的天气,等到队伍已经达到目的地,忽然放了晴,有了太阳了。一定有许多人是正在嘲骂这太阳的,一定有许多人要笑它,以为太阳是故意同我们作对,好吧,这个我们可管不了许多,我们是移到这里来填防的,原来所驻的军队早已开走了,我们所以到这地方来补缺,别人做什么无聊事我们还是要继续来作。

乘到满天红霞夕阳照人时,我们有一营人留在此地了。另外一营人,今天晚上虽然也留在此地,明天还得开拔到一个五十里外的镇上去。明天还要开拔的,这时全驻扎到各小客栈同民房,我们却各处去找寻应当驻宿的地点。因为各个部队已经分配好了,我们的旗子插到杨家祠堂,我们一连人中谁也不知道这杨家祠堂的方向,只是在街中乱抓别的一连的兵士询问。

原来杨家祠堂有两个,我们找了许久,找到的还是好像不对。因为这祠堂太小,太坏,内中极其荒凉。但连长有点生气了,他那尊贵的脚不高兴再走一步了。他说,这里既然是空的,就歇息一下,再派人去问吧。我们全是走了一整天长路的人,我们还看到有许多兵士,在民房里休息,用大木盆洗脚,提干鱼匆匆忙忙的向厨房走去。别人倦了饿了,都得到了解决,只有我们都在这市镇街上各处走动,像一队无家可归的游民。现在既然有歇脚地方,并且这时又已经快夜了,我们所以谁也不以为意,都在祠堂外廊下架了枪,许多人都坐在那石狮子下，松解身上的一切东西。

一个年青号兵不知从什么地方得来了一个葫芦，满葫芦烧酒，一个人很贪婪的躲到墙边喝它。有些兵士见到了这件事都去抢这葫芦，到后葫芦就打碎了，所有的酒也泼在还不十分干燥的石地上了，号兵大声的辱骂，而且追打抢劫他的同伴。

连长听到这个吵闹，想起号兵的用处了，就要号兵吹号探问团部。号兵爬到石狮子上去，一手扳到那为夕阳所照及的石狮，一手拿着那紫铜短小喇叭，吹了一通问答的曲子，声音飘荡到这晚风中，极其抑扬动人。

这时满天是霞，各处人家皆起了白白的炊烟，在屋顶浮动。许多年青妇人带着惊讶好奇的神气，穿的是新浆洗过的月蓝布衣裳，挂着扣花的围裙，抱了小孩子，远远的站在人家屋檐下看热闹。

那号兵，把喇叭吹过后，不久就得到了驻在山头庙里团部的回音。连长又要号兵，问询是不是就在这祠堂歇脚。那边的答复还是不能使我们的连长满意，于是那号兵，第三次又鼓着那嘴唇，吹他那紫铜喇叭。

在街的南端，来了两只狗，有壮伟的身材，整齐的白毛，聪明的眼睛，如两个双生小孩子一样，站在一些人的面前，这东西显然是也知道了祠堂门前发生了什么事情，特意走来看看的。

我们都对这狗起了一种野心，我们是走到任何地方看到了一只肥狗，心上就即刻有一个杀机兴起，极难遏止的。可是另外还有使人注意的，是听到有一个女子的声音喊"阿白"，清朗而又脆弱，喊了两声，那两只狗对我们望望，仿佛极其懂事，知道这里不能久玩，返身就跑去了。

天气快晚了。

在我们之间发生了一个意外的变故。那号兵，走了一整天的路，到了地，大家皆坐下休息了，这年青人还爬到石狮上去吹了好几次号。到后脚腿一发麻，想跳下石狮，谁知两脚已毫无支持他那身体的能力，跳到地下就跌倒不能爬起，因此双脚皆扭伤了筋，再也不能照平常人的方便走路了。

这号兵是我的一个同乡，我们在一个堡砦里长大，一条河里泅水过着夏天，一个树林子里拾菌消磨长日，如今便应当轮到我来照料了。

一个二十岁的人，遇到这样不幸，那有什么办法可言？因为连长也是同乡，号兵的职务虽不革去，但这个人却因为这不幸的事情，把事业永远陷到号兵的位置上了。他不能如另外号兵，在机会中改进干部学校再图上进了，他不能再有资格参加作战剿匪的种种事情了，他不能再像其他青年兵士，在半夜里爬过墙去与本地女子相会了。总而言之，是这个人做人的权利，因为这无意中一摔，一切皆消灭无余，无从补救了。

我因为同乡原故，总是特别照料到这个人。我那时是一个什长，只能在一班兵士中有点职权，我就把他放在我那一棚里。这年青人仍然每早得在天刚发白时候爬起，穿上军衣，弄得一切整齐，走到祠堂外边石阶上去，吹天明起床号一通。过十分钟，又吹点名号一通。到八点又吹下操号一通。到十点又吹收操号一通。……此外还有许多次数，都不能疏忽。军队到了这里，半月来是完全不下操的，但照规矩那号兵总得尽号兵的职。他每次走到外边去吹他的喇叭时，都得我照扶他。我或者没有空闲，这差事就轮到班上的火夫了。

我们都希望他慢慢的会好的，营部的外科军医，还把十分可信的保证送给我们同这个不幸的人。这年青人两只腿皆被用杉木板子夹好，皆被军医放过血，揉搓过许久，且用药烧灼过无数次。日子一天一天的过去，还是得不到少许效验，我们都有点失望了，他自己却不失望。

他说他会好的，他只要过两个月就可以把杉木夹板取去，可以到田里去追野兔了。听到这个话军医也笑了，因为军医早知道这件事，是这个人永远无可希望的事情，不过他遵守着他做医生的规则，且法律又正许可这类人说谎，所以他约许的种种利益，有时比追兔子还夸张得不合事实。

过了两个月，这年青人还是完全不济事。伤处的肿是已经消了，血毒症的危险不会有了，伤部也不至于化脓溃烂了，但这个号兵，却已完全是一个瘸脚人了。他已经不要人照料，就可以在职务上尽力了。他仍然住在我的棚里，因为这样，我们两人之间，成立了一种最好的友谊。

我们所驻在的市镇，并不十分热闹，但比起湘边各小城市，却另有一种风味。这里只四条大街，中央一个鼓楼操纵到全城。这里如其他地方一样，有药铺同烟馆，有赌博地方同喝酒地方。我每天差不多都同这个有残疾的号兵在一处过活，出去时总在一块，喝酒是两人帮忙，赌博两人拉伴平分。

若是不开拔，这年青人是仍然有一切当兵人的幸福的。凡是一个兵士能做到的事，他仍然可以有分。他要到那些有妇人的住处去，同妇人调笑，妇人们却不敢得罪他。他坐上桌子赌五十文一注的二十一点扑克，别人也不好意思行使欺骗。他要吹号，凡是在过去没有赶得过他的，如今还是不会超过他。大家知道这个号兵的不幸，还不约而同的帮助这个人。

但他的性情，在我看来，有些地方却变了。他是一个号兵，照例一个号兵，对于他的喇叭应当有一种特殊嗜好，无事时到各处走去，喇叭总不能离身。他一定还是一个动作敏捷活泼喜事的人。他可以在晨光微曦中，爬到后山头或城堡上去试音，到了夜里，还要在月光下奏他的曲子，同远远的另一连互相唱和，别的连上的号手，在逢场时节，还各人穿了整齐的制服，排队到场上游行，成列的对本城人有所炫耀，说不定其中就有意外的幸运发生，给那些藏在腰门后面，露出一个白白的额同黑亮的眼睛的妇女们注了意。还有，他若是行动自由而且方便，拿喇叭到山上去吹，会有多少小孩子，带着微微的害怕，围拢来欣赏这大人物的艺术，他就可以同那些小孩子成立了一种友谊。慢慢地，他就得到许多小朋友了。

　　属于号兵分外的好处，一切都完了，他仅有的只是一点分内的职务。平时好动喜事的他，有点儿阴郁，有点儿可怜，他的脚已经瘸了，连长当到人面前就大声的喊瘸子。一切人不好意思当面叫这名称，背地里就免不了要喊他为"瘸脚号兵"。为了一种方便，为了在辨别上容易认出，自从这号兵一瘸，大家都在他的号兵名字上加了"瘸子"两字，本连火夫也有了一种权利，对这个人存轻视心，轻轻的互相批评这不幸的人，且背地里学这人的行动，作为娱乐了。

　　在先，对于号兵的职务，他仍然如一个好人一样，按时站到祠堂门外，或内面殿堂前石阶上，非常兴奋的奏他的喇叭。后来因为本连补下一个小副手，等到小号兵已经能够较正确的吹完各样曲子时，他就不常按时服务了。

　　他同我每天都到南街一个卖豆腐的人家去，坐在那大木长凳上，看铺子里年青老板推浆打豆腐。这铺子对面是一个邮政代办所，一家比本城各样铺子还阔气的房子，从对街望去，看得见铺子里许多字画，许多贴金洒金的对联。最初来的那一天，我们所见到的那两只白色大狗，就是这家所豢养的东西。这狗每天蹲在门前，遇到熟人就站起身来玩一阵，到后就是听到有人的叫唤，两只狗皆显得匆匆忙忙，走到有金鱼缸的门里的天井去了。

我们难道是靠着白吃一碗豆浆，就成天来赖到这铺子里面么？我们难道当真想要同这年青老板结拜兄弟，所以来同这人要好么？

我们来到这里是有别的原因！但是，两个兵士，一个是废人，一个虽然被人家派为什长，站班时能够走出队伍来喊报名，在弟兄中有一种权利，在官长方面也有一种权利，俨然是一个预备军官，更方便处是可以随意用各样希奇古怪的名称，辱骂本班的火夫，作为脾气不好时节的泄气东西，可是一到外面，还有什么威武可说？一个班长，一连有十个或十二个，一营就有三十六个，一团就有一百以上。什长的肩章领章，在我们这类人身上，只是多加一层责任罢了。一个兵士的许多利益，因为是班长，却无从得到了。一个兵士有许多放肆处，一个班长也不许可了。让我说，班长也是一个废物，是一个不幸的职位吧，因为若有人知道作战时班长同排长的责任，谁也将承认班长的可怜悯了。我到这儿是不以班长自居的，我擅用了一个兵士的权利，来到这豆腐铺了。虽然我们每天总不拒绝由那个单身的强健的年青人手里，接过一碗豆浆来喝，我们可不是为吃豆浆而上门的。我们原来是看中了那两只狗，同那狗的女主人了。

真是一个标致的女人！在我生来还不曾见到有第二个这样的女子。我看到许多师长的姨太太，看到许多学生。第一种人总是娼妓出身，或者做了太太，变成娼妓。第二种人壮大得使我们害怕，她们跑路，打球，或者做一些别的为我所料不到的事情，都成了水牛。她们都不文雅，不窈窕。至于这个人呢？我说不出那完全合意的是些什么地方，可是我从不说谎，我总觉得这是一朵好花，一个仙人。

我们一面也服从营规，一面服从自己的欲望，在这城里我们是不敢撒野的，因为这样我们就每天到这豆腐铺子里来坐下了。我们一面同年青老板谈天，或者帮助他推磨，上浆，包豆腐，一面就盼望到那女人出来。我们常常在那二门天井大鱼缸边，望到白衣的一角，心就大跳，血就在全身管子里乱窜。我们每天又想方设法花了钱买了些东西，送给那两只狗吃，同这个畜生要好。在先，这畜生竟像知道我们存心不良，送它的东西嗅了一会就走开了。但到后来这东西由豆腐铺老板丢过去时，这畜生很聪明的望了一下老板，好像看得出这并不是毒药，所以吃下了。

这一定有人要问，为什么我们要在这无希望的努力上用心？因为按照我们的身分，我们即或能够同这个人家的两只狗要好，也仍然无从与那狗主人接近的。这人家是本地邮政代办所的主人，也就是这小城市唯一的绅士，他是商会的会长，铺子又是本军的兑换机关。时常见到这人家请客，到此赴席的全是体面有身分的人物，团长同营长，团副官，军法军需，无不在场。平常时节也常常见到营部军需同书记官，到这铺子里来玩，同到那主人吃酒打牌。

因为我们问到豆腐铺的老板，才知道那女人是会长最小的姑娘，年纪还只十五岁。我们知道一切无望了，还是每天来坐到豆腐铺里，找寻方便，等候这娇生惯养的小姑娘出外来，只要看看那明艳照人的女人，我们就觉得快乐了。或者一天没有机会见到，就是单听到那脆薄声音，喊叫她家中所豢养狗的名字，叫着大白二白，我们仿佛也得到了一种安慰。我们总是痴痴的注意到那鱼缸，因为从那里常常见到白的衣角，就知道那小姑娘是在家中天井里玩的。

那两只狗到后同我们做朋友了，带着一点谨慎小心的样子，走过豆腐铺来同我们玩。我们又恨这畜生又爱这畜生，因为即或玩得很好，只要听到那边喊叫，就离开我们走去了。可是这畜生是那么驯善，那么懂事！不拘什么狗是都永远不会同兵士要好的，任何种狗都与兵士作仇敌，不是乘隙攻击，就是一见飞跑：只有这两只狗竟做了我们的朋友。我们还因为它们是每天同女人接近的，所以更对这个畜生增加了不少爱慕。

我曾说过了这个豆腐铺老板是一个年青人，这人强健坚实，沉默少言，每天愉快的作工，同一切人做生意，晚上就上了店门睡觉。好像他是除了守在铺子面前，什么事情也不理，除了做生意，什么地方也不去。我初初看来竟不知道这人什么时候吃饭，什么时候去买办他制豆腐的黄豆。他虽不大说话，可是一个主顾上门时节，他总不至于疏忽一切的对答，我们问他一切不知道的事情时，他答应得也非常满意。

我们曾邀约他喝过酒，等到会钞时，我走到柜上去算账，却听说豆腐老板已先付了账。第二次我们又请他去，他就毫不客气的让我们出钱了。

我们只知道他是从乡下搬来的，间或也有乡下亲戚来到他的铺子里，看那情形，这人家中一定也不很穷。他生意做得不坏，他告诉我说，他把积下的钱都寄回乡下去，问他是不是预备讨一个太太，他就笑了。他还会唱一点歌，唱得很好，声音调门都比我们营里人为高明，这是我们有一次下午邀约到河边玩时，才知道的。他又会玩一盘棋，这人并不识字,"车""马""象""士"却分得很清楚。他做生意从未用过账簿,但赊欠来往数目,他都能用记忆或别的方法记着,不至于使它错误。他把我们当成朋友看待,不防备我们,也不谄谀我们。我们来到他的铺子里,虽然是好像单为了看望那商会会长的小姑娘,但若是没有这样一个同我们合得上的人,也不会每天不问晴雨到这铺子里混了!

我同到我那同伴瘸脚号兵,在他豆腐铺里谈到对面人家那姑娘,有时免不了要说出一些粗话蠢话,或者对于那两只畜生常常又要做出一点可笑的行为,这个年青老板,总是微微的发笑,在他那微笑中我们却看不出什么恶意,我总就要说:

"你笑什么?你不承认她是美人么?你不承认这两只狗比我们幸福么?"照例这句话是不会得到回答的。即或回答了,也仍然只是忠厚诚实而几几乎还像是有女性害臊神气的微笑。这照例是使我不平的,我将说:

"为什么还是笑?你们乡下人,完全不懂到美!你们一定欢喜大奶大臀的妇人,欢喜母猪,欢喜水牛,因为肥大合用。但是这因为你不知道美人,不知道好看的东西。"

有时那跛子号兵,也要说,"我只愿意变一只小狗",且故意窘那豆腐铺老板,问他愿不愿意,也变成一只狗,好得到一种每天与那小姑娘亲近的机会。

照例到这些时节,这年青人一面便特别勤快的推磨,一面还是微笑。

谁知道这是什么意思?谁又一定要追寻这意思?

我们的日子可以说是过得很快乐的。因为我们除了到这里来同豆腐老板玩，喝豆浆看美丽女人以外，还常常去到场坪看杀人。我们的团部，每五天逢场，总得将由各处乡村押解来到的匪犯，选择几个有做坏事凭据的，牵到场头大路上去砍头示众。从前驻扎在××，杀人时，若是分派到本连护围，派一排兵押犯人，号兵还得在队伍前面，在大街上吹号。到场时，队伍取跑步向前，还得吹冲锋号，使情形转为严重。杀过人以后，收队回营，从大街上慢慢通过，也仍然得奏着得胜曲子。如今这事情瘸子号兵已无分了。如今护围的完全归卫队，就是平常时节团长下乡剿匪时保护团长平安的亲兵，属于杀人的权利也只有这些人占有了。我们只能看看那悲壮的行列，与流血的喜剧了。我也不能再用班长资格，带队押解犯人游街了。可是这并不是我的损失！我们既然不在场护卫，就随时可以走到那里去看那些杀过后的人头，我们可以停顿在那地方很久，不须即时走开。

有一次，我们把豆腐老板拉去了，因为这个人平素是没有胆量看这件事的。到那血迹殷然的地方，四具死尸躺在坪里，上衣全剥去了，如四只死猪。许多小兵正穿着不相称的军服，脸上显着极其顽皮的神气，拿了小小竹杆，刺拨死尸的喉管。一些狗远远的蹲在一旁，望到这边的一切新奇事情，非常出神。

号兵就问豆腐老板，对于这个害不害怕，这年青乡下人的回答，却仍然是那永远神秘永远无恶意的微笑。看到这年青人的微笑，我们为我们的友谊感到喜悦，正如听到那女子的声音，感到生命的完全一个样子。

因为非常快乐，我们的日子也极其容易过去了。

一转眼，我们守在这豆腐铺子看望女人的事情就有了半年。

我们同豆腐老板更熟了，同那两只狗也完全认识了。我们有机会可以把那白狗带到营里去玩，带到江边去玩，也居然能够得到那狗主人的同意了。

因为知道了女人毫无希望（这是同豆腐老板太熟习了，才从他口中探听到不少事情的），我们都不再说蠢话，也不再做愚蠢的企图了。仍然每天到豆腐铺来玩，帮助到这个朋友，做一切事情，我们完全学会制造豆腐的方法，我们能辨别豆浆的火候，认识黄豆的好坏了。我们还另外同许多本地主顾也认识了，他们都愿意同我们谈话，做我们的朋友。遇到主顾是兵士时，我们的老板，总要我多多的给他们豆腐，且有时不接受主顾的钱。我们一面把生活同豆腐生意打成一片，一面便同那两只白狗成了朋友，非常亲昵，非常要好。那小姑娘的声音，虽仍然能够把狗从我们身边喊叫回去，可是有时候我们吹着哨子，也依然可以嗾使狗飞奔的从家中跑出来。

我们常常见到有年青的军官，穿着极其体面的毛呢军服，白白的脸庞，带着一点害羞的红色，走路时胸部向前直挺，用那有刺马轮的长统黑皮靴子，磕着街石，堂堂的走进那人家二门里去，就以为这其中一定有一些故事发生。我到底是懂事一点的人，受了这个打击还知道用别的方法安慰到自己，可是我的同伴瘸脚号兵，却因此更忧郁了。

我常常见到他对那些年青官佐，在那些人背后，捏起拳头来作打下的姿式。又常常见到他同豆腐老板谈一些我不注意到的事情。

我说过这样的话，在有一次到一个小馆子里，各人皆喝多了一点酒的时候，我向那跛脚的残废人说：

"你是废人，我的朋友；我的庚兄；你是废人！一个小姐是只合嫁给我们的年青营长的。我们试去水边照照看，就知道这件事我们是无分了。我们是什么东西？七块钱一月，开差时就在泥浆里走路，驻扎下来就点名下操，夜间睡到稻草席垫上，口是吃牛肉同酸菜的口，手只合捏那冰冷的枪筒。……我们年青，可是万万不及从学校出身的营长美貌多才。我们只是一些排成队伍的猪狗罢了，为什么对于这姑娘有一种野心？为什么这样不自量？……"

我那次是的确有点醉了，我不知道我应当节制的语言，只是糊糊涂涂，教训这个平时非常听好话的朋友。我似乎还用了许多比喻，提到他那一只脚。那时只是我们两个人在一处，到后，不知为什么理由，这朋友忽然改变了平常的脾气，完全像一只发疯了的兽物，扑到我的身上来了。我们于是就揪打到一堆，各人扭着对方的耳朵，各人毫不虚伪的打了一顿。我实在是醉了，他也是有点醉了。我们都无意思的骂着闹着，到后有兵士从门外过身，听到里面的吵闹，像是自己的人，才走进来劝解。费了许多方法我们才分开了，两人皆由另外兵士照扶回到连上去。

回到连上，各人呕了许多，半夜里，我们酒醒了，各人皆因为口渴，爬起来到水缸边拿水喝。我们喝了好些冷水，皆恍恍惚惚记起上半夜的事情，两人都哭了。为什么要这样斗殴？什么事使我们这样切齿？什么事必须要这样作？我们又哭又笑，披了新近领下的棉军服，一同走到天井去，看快要下落的月亮，如一个死人的脸庞。天空各处有流星下落，作美丽耀目的明光。各处有鸡在叫。我们来到这里驻防，我这个朋友跌坏了腿的那时，还是四月，如今已经是十月了。

第二天，两人各望着对方的浮肿的脸，皆非常不好意思，连上有人知道了我们的殴打，一定还有人担心到我们第二次的争斗，可料不到昨夜醉里的事，我们两人早已忘记了。我们虽然并不忘却那件事，但我们正因为这样，把友谊更坚固的成立了。

三个男子和一个女人

两人到后仍然到了豆腐铺，使豆腐老板初初见到，非常惊讶，以为我们之间发生重大的事故。因为我们两人的脸有些地方抓破了，有些地方还是浮肿，我们自己互相望到也要发笑。

到后还是我来为我们的朋友把事情说明，豆腐老板才清楚这原委。我告诉他说，我恍惚记忆得到我说了许多实话，我还骂他是一只瘸脚公狗，到后，不知为什么两人就揉在一处了。幸好是两人皆醉了，两个醉人手脚都无气力，毫不落实，虽然行动激烈，却不至于打破头部。

这时那个姑娘正走出门来，站在她的门前，两只白狗非常谄媚的在女人身边跳跃，绕着女人打圈，又伸出红红的舌头舐女人的手。

我们暂时都不说话了，三个人皆望到对面，到后那女人似乎也注意到我们两个人的脸上，有些蹊跷，完全不同往日了，她望到我们微笑；她似乎毫不害怕我们，也毫不疑心到我们对她有所不利。可是，那微笑，竟又俨然像知道我们昨晚上的胡闹，是为了一些什么理由！

我那时简直非常忧郁，因为这个小姑娘竟全不以我们为意，在那小小的心里，说不定还以为我们是为了赚一点钱，同这豆腐老板合股做生意，所以每天才来到这里的！我望了一下那号兵，他的样子也似乎极其忧郁，因为他那只瘸腿是早已为人家所知道了的，他的样子比我又坏了一点，所以我断定他这时心上是很难受的。

至于豆腐老板呢，我不知道他是有意还是无意，他这时正露着强健如铁的一双臂膊，扳着那石磨，检察石磨的中轴，有无损坏。这事情似乎还是第三次了，另一回，也是在这类机会发现时，这年青诚实单纯的男子，也如今天一样检察他的石磨！

我想问他却没有开口的机会。

不到一会儿，人已经消失到那两扇绿色贴金的二门里不见了。如一颗星，如一道虹，一瞬之间即消逝了，留在各人心灵上的是一个光明的符号。我刚要对着我的瘸腿朋友作一个会心的微笑，我那朋友忽然说：

"义哥，哥哥，你昨晚上骂得我很对，骂得我很对！我们是猪狗！我们是阴沟里的蛤蟆！……"

因为这号兵那惨沮样子，我反而觉得要找寻一些话语，安慰这个不幸的废人了。我说：

"不要这样说吧，这不是男子应说的话。我们有我们的志气，凭这志气凡事都无有不可以做到。我们要做总统，做将军，一个女人，算不了什么希奇？"

号兵说："我不打量做总统，因为那个事情太难办到。我只要做一个人，……"

"谁不许你做人？你的脚将来会想法子弄好的，你还可以望连长保荐到干部学校去念书。你可以同他们许多学生一样，凭本领挣到你的位置。"

"我是比狗都不如的东西。我这时想，如果我的脚好了，我要去要求连长，为我补正兵的名额。我要成天去操坪锻炼……"

"慢慢的自然可以做到，"我转头向豆腐老板望着，因为这年青人已经把石磨安置妥当，又在摇动着长木的推手了。"我们活下来同推磨一样，你的意思以为怎么样？"

这汉子，对于我说的话好像以为同我的身分不大相称，也不大同他的生活相合，还是完全同别一时节别一事情那样向我微笑。

我明白了，我们三个人皆同样的爱上了这个女子。

十月十四，我被派到七十里外总部去送一件公文，另外还有些别的工作，在××候信住了一天，路上来回消磨了两天。

回到本城，把回文送到团部，销了差，正因为这一次出差，得了六块钱奖赏，非常快乐，预备回连上去打听是不是有人返乡，好把钱寄四块回去办冬天的腊肉。到了连上见到瘸子，我还不能开口说出我的欢喜，那号兵就说：

"那个女人死了！"

这是什么话？难道我的耳朵，是准备受人来这样戏弄取乐的么？这些不合人情的谰言，这些无道理的谎话，我还应当有一种义务去相信么？

可是，我一面从容的俯下去脱换我的草鞋，瘸子站在我面前，又说了一些话，使我不得不认真了。我听清楚这话的意义了，我忽然立起，简直可说是非常粗暴的揪着了这人的领部，大声的问这事真伪。到后他要我用耳朵听听，因为这时远处正有一个人家，办丧事敲锣打鼓，一个唢呐非常凄凉的颤动着吹着那高音。我一只脚光了脚板，一只还笼在湿草鞋里，就拖了瘸子出门。我们几乎是用救火的速度向豆腐铺跑去，也不管号兵的跛脚，也不管路人的注意。但没有走到，我已知道那唢呐锣鼓声音，便是由那豆腐铺对门人家传出。我全身皆在发寒，我的头脑好像被谁重重的打击了一下，耳朵发哄哄的声音，眼睛起了无数金光，……

到后我能静静的坐在那豆腐铺的长凳上了。我能接过了朋友给我的一碗热豆浆吃下了。我望到对面，这个人家大门前，凭空多了许多人，门前挂了丧事中的白布，许多小孩子头上缠了白包头，在门外购买东西吃。我还看到那大鱼缸边，有人躬身用长铗焚着银锭，火光熊熊向上冒，纸灰飞得很高，才为二门上的白布帘所遮掩，无从见到了。

我知道这些事情都是真实，就全身拘挛，然而笑了。

我望到那豆腐老板，这个人这时却不如往天那样乐观，显然也受了一种打击，有点支持不住了。他作为没有见到我的样子，回过脸去。我又望号兵，号兵却做出一种讨人厌烦的样子。我不知道为什么我这时有点厌烦这跛脚的人，我心中想打他一拳，可是我到底没有做过这种蠢事。

到后我问，才知道昨天这女子吞金死了。为什么吞金，同些什么事情有关系，我们当时一点也不明白，直到如今也仍然无法明白。许多人是这样死去，活着的人毫不觉得奇怪的。女人一死，我们各人皆觉得损失了一种东西，但先前不会说到，却到这时才敢把这东西的名字提出。我们先是很忧郁的说及，说到后来大家都笑了，到分手，我们简直互相要欢喜到相打了。

为什么使我们这样快乐也是说不分明的。似乎各人皆知道女人正像一个花盆，不是自己分内的东西，这花盆一碎，先是免不了有小小惆怅，然而当大家讨论到许多花盆被一些混账东西所占据，凡是花盆终不免为权势所独占，这花盆却碎到地下，我们自然而然又似乎得到一点放心了。

可是，回到营里，我们是很难受的。从此我们生活破坏无余了。从此再也不会为一些事心跳，在一些梦上发痴了。我们的生活，将永远有一个缺口，一处补丁，再也不是完全的生活了。

其实这样女人活在世界上同死去，对于我们有什么关系？假使人还是好好的活下，开差移防的命令一到，我们还有什么希望可言？我们即或驻扎到这里再久，一个跛脚的号兵，一个什长，这样两个宝贝，还有什么机会，能够使我们同那两只狗认识以外，有何种伟大企图？

三个男子和一个女人

第二天，两人很早的起来了，互相坐在铺上对望，沉默不能言语。各人皆似乎在努力想把自己安置到空阔处去，不再为过去的记忆围困。各人皆要生气，却不知道为什么忽然脾气就坏到这样子。

"为什么眼睛有点发肿？你这个傻瓜！"

号兵因为我嘲笑他，却不取反攻姿式，只非常可怜的望到我。

我说："难道人家死了，你还要去做孝子么？"

他还是那样，似乎想用沉默作一种良心的雄辩，使我对于他的行为注意。

我了解这点，但我却不放弃我嘲骂他的权利。

末了他只轻轻的问我："是不是死了的人还会复活？"因这一句痴话我又说了他一顿。

两人到豆腐铺时，却见到对面铺门极其冷清，我们的朋友，那个年青老板，坐到长凳上用手扶了头，人家来买豆腐时，就请主顾自己用钢刀铲取板上的豆腐。见到我们来了，他有了一点生气，好像是遮掩到自己的伤痕，仍然对我笑着。他的笑，还是说明他的健康与善良的人格。

"为什么？"

"埋了，埋了，一早就埋了！"

"早上就埋了么？"

"天还不大亮就出门了的。"

"你有了些什么事情，这样不快乐？"

"我什么也不。"

他说了后，忙着为我们去取碗盏，预备盛豆浆给我们吃。

坐到那豆腐铺子里，望到对面的铺子，心中总像十分凄凉，我同号兵坐了一会儿，就离开这个豆腐铺子，走到一个本地妇人处去打牌。我们从那里探听得到这女人所埋葬的地点，在离城两里的鲢鱼庄上。

　　不知为什么我望到那号兵忧郁样子，就使我生气要打他骂他。好像这个人的不欢样子，侮辱到我对那小姑娘的倾心一样。好像他这样子，简直是在侮辱我。我实在不愿意再同他坐在一个桌上打牌了，我自走回连上，躺到草垫上睡了。

　　这夜里朋友竟没有回到连上来，他曾告我不想回连上去睡，我知道他一定在那妇人处过夜了，也不觉得稀奇。第二天，我还是不愿意出门，仍然静静的躺在床上。到下午来我的头有点发烧，全身也像害了病，心中又不甚想进饮食。我在连上吃过一点草药。因为必须蒙头取汗，到全身为汗水湿透人醒来时，天气已经夜了。

　　我爬身到大殿后面园里去小便，正是雨后放晴，夕阳挂到屋角，留下一片黄色，天空一角白云，为落日烘成五彩，望到这暮景，望到那个在人家屋上淡淡的炊烟，听到鸡声同狗声，听到军营中喇叭声音，我想起了我们初来到此地的那一天发生的事情。我想起我这个朋友的命运，以及我们生活的种种，很有点怅惘。我有一个疑问的弧号隐藏在心上，对于人生，我的思想自然还可以说是单纯而不复杂。

　　我到后仍然回去睡了，不想吃饭，不想说话，不想思索。我仍然睡下去不知道有多久时间，只是把棉被蒙了头颅，隐隐约约听到在楼上兵士打牌吵闹的声音，迷迷糊糊见到许多人，又像是我们已经开了差，已经上了路，已经到了地。过去的事重复侵入我的记忆，使我重新看到号兵跌倒时的神气。醒回时好像有人坐在我的身边，把被丢去，才知道灯已经熄了，只靠着正殿上的大油灯余光，照得出有一个人影，坐在我身边不动。

三个男子和一个女人

"瘸子，是你吗？"

"是我。"

"为什么这时才回来？"

他把脸藏在黑暗里，没有做声。我因为睡了多久，这时候究竟已经是什么时候，也依然不很分明，就问他有了几点钟。他还是好像不曾听到我的话样子，毫无动静。

过了一会，他才说："义哥，放哨的差一点把我打死了。"

"你不知道口令么？"

"我哪里会知道口令？"

"难道已经是十二点过了么？"

"我不知道。"

"你今天到些什么地方去，这时才回来？"

他又不做声了。我见到放在米桶上兵士们为我预备的一个美孚灯，把灯头弄得很小，还可以使它光亮，就要他捻一下灯。他先是并不动手，我第二次又请他做这件事。

灯光大了一点，我才望到这号兵，全身是黄泥，极其狼狈，脸上正如刚才不久同人殴打过样子，许多部分都牵制着显著受伤的痕迹。我奇异而又惊讶，望到这朋友，不知道如何问他这一天来究竟到过些什么地方，做了些什么事情。我的头脑这时也实在还是有点糊涂，因为先一时在迷糊中我还梦到他从石狮上滚到地下的情形，所以这时还仿佛只是一个梦。

他轻轻的轻轻的说："义哥，哥哥，坟不知道被谁挖掘了。"

"谁的坟呢。"

"好像是才挖掘不久的，我看得很清楚。"他的话，带着顽固神气，使我疑心他已经发了狂。

我说:"你讲什么人的坟?在什么地方,为什么你又知道?"

"为什么我又不知道吗?我听人说埋在那里,我要去看看。我昨天到过一次,还是很好的。我今天晚上又去,我很分明记到那一条路,那座坟,不知道已经被谁挖了。"

如不是我有点发狂,一定就是我这个朋友发了狂,我忽然明白他所指的坟是谁埋葬在那里了,我像一个疯人,就跳了起来,"你到过她的坟上么,你到过她的坟上么?"

这朋友,却毫不惊讶,静静的幽悄的说:"是的,我到过她的坟上,昨天到过今天又到过。我不是想做坏事的人!我可以赌咒,天王在上,我并不带了什么家伙去。我昨晚上还看到那个土堆,今天晚上变了。我可以赌咒,看到的是昨晚那座坟,却完全不是原有样子。不知是谁做了这样事情,不知是谁把她从棺木里掏出,背走了。"

我听到这个吓人的报告,却忽然想起一个人来了。但我并不说出口,因为这个人还只在我的心上一闪,就又即刻消失了。我起了一个疑问,以为是这个女子复活,因为重新生回,所以从棺木中挣扎奔出,这时或者已经跑到家中同她的爹爹妈妈说话了。我疑心她是假死,所以草草的埋葬,到后另外一个人就又把她掘出,把她救走了。我疑心这个事一定在我这个朋友有了错误,因为神经的错乱,忘记了方向和地位,第一次同第二次并不是在一个地方,所以才会发生这误会。我用许多估计去解释,以为这件事并不完全真实。

到后我问他为什么要到坟边去,他很虚怯,以为我是疑心这事他一定已经知道,或者至少事后知道这主谋人是谁,他一连发了七种誓言,要求各样天神作证,分辩他并无劫取女尸的意思。他只是解释他

三个男子和一个女人

并不预先拿有何种铁器作掘墓的人犯。他极力分辩他的行为,他把话说完了,望见我非常阴沉,眼睛里含有一种疑惧神色,如果我当时还不能表示对他的信托,他一定可以发狂把我扼死。

我的病已完全吓走了,我计算应当如何安置到这个行将疯狂的朋友。我用许多别的话解释,且找出许多荒唐故事安慰到这个破碎的心灵。说到后来这人忽然哭了。他的血慢慢的冷静,一切兴奋过去后,非常悲哀的哭了。他担心惊吵了外面铺上的别人,只是抽咽。他告给我他实在也有过这种设想,因为听到人说吞金死去了的人,如是不过七天,只要得到男子的偎抱,便可以重新复活。他告我第一天,他还只是想象他到了坟边,听得到有呼救声音,便来作一次侠义事,从坟墓中把人救出。第二天,他因为听到这个话,才到那里去,预备不必有呼救声音,也把女人掘出。可是到了那里坟头已经完全变了样子,棺木的盖掀到一旁,一个空棺张着大口等候吃人。他曾跳到棺里去看过一下,除了几件衣服以外什么也不见到。一定是有人在稍前一些时候做了这事情,一定把坟掘开,这人便把女子的尸身背走了。

他已经不再请天神作他的伪证了。他诚实而又巨细无遗的同我说到过去一切,我听到了他这些话,找不出任何话来安慰他了。我对于这件事还是不甚相信,我还是在心中打量,以为这事情一定是各人皆身在梦中。我以为即或不是完全的梦,到了明天早上,这号兵也一定要追悔今晚所说的话语,因为这种欲望谁也无从禁止,行诸事实总仍然不近人情。

他因为追悔他的行为,把我杀死灭口也做得出。我这样想着不免有所预防,可是,这个人现在软弱得如一个妇人,他除了忏悔什么也不能做了。我们有一个问题梗到心上来了,就是我们此后对于这件事如何处置，是不是要去禀告一声，还尽那个哑谜延长？两人商量了一会，靠着简单的理智，认为这发现我们无权利去过问，且等到天明到豆腐铺看看。走了许多夜路的号兵，一只瘸腿已经十分疲倦了，回来又哭了许久，所以到后就睡了。我是白天睡了一整天的人，这时无论如何也不能再睡了，望到这个残废苦闷的脸，肮脏的身，我把灯熄了，坐到这朋友身边，等候天明。

到豆腐铺时间已经不早了，却不见到那年青老板开门。昨晚上我所想到的那件事，又重新在我心上一闪。门是向外反锁，分明不是晏起，或在家中发生何等事故了，我的想象或将成为事实，我有点害怕，拉了号兵跑回连上，把这估计告给了那起过非凡野心的他。他不甚相信事情一定就是这样子，一个人又跑出了许久，回来时，脸色哑白，说他已经探听了别一个人家，知道那老板的确是昨天晚上就离开了他的铺子的。

我们有三天不敢出去，到后听到有人在营里传说一件新闻，这新闻生着无形的翅翼，即刻就全营皆知了。"商会会长女儿的新坟被人刨掘，尸骸为人盗去。"另一个新闻，是"这少女尸骸有人在去坟墓半里的石峒里发现，赤身的安全的卧到洞中的石床上，地下身上各处撒满了蓝色野菊。"

这个消息加上人类无知的枝节，便离去了猥亵转成神奇。

我们为这消息愣住了。

从此我们再不能到那豆腐铺里去，坐到长凳上，喝那年青朋友做成的豆浆，也再不曾见到这个年青诚实的朋友。至于我那个瘸子同乡，他现在还是第四十七连的号兵，他还是跛脚，但他从不同人说到过这件事情。他是不曾犯罪的，但别一个人的行为，使他一生悒郁寡欢。

至于我，还有什么意见没有？我现在已经有了三个儿子，连长缺出，便应轮到我了。我实在有点忧郁，有点不能同年青合伴的脾气，因为我常常要记起那些过去事情。

十九年八月廿四日

虎雏

本篇发表于1931年10月10日《小说月报》第22卷第10号。署名沈从文。

我那个做军官的六弟上年到上海时，带来了一个勤务兵，见面之下就同我十分谈得来，因为我从他口上打听出了多少事情，全是我想明白终无法可以明白的。六弟到南京去同政府接洽事情时，就把他丢在我的住处。这小兵使我十分中意，我到外边去玩玩时，也常常带他一起去，人家不知道的，都以为这就是我的弟弟，有些人还说他很像我的样子。我不拘把他带到什么地方去，见到的人总觉得这小兵不坏。其实这小孩真是体面得出众的。一副微黑的长长的脸孔，一条直直的鼻子，一对秀气中含威风的眉毛，两个大而灵活的眼睛，都生得非常合式，比我六弟品貌还出色。

这小兵乖巧得很，气派又极伟大，他还认识一些字，能够看《建国大纲》，能够看《三国演义》。我的六弟到南京把事办完要回湖南军队里去销差时，我就带开玩笑似的说：

"军官，咱们俩商量一下，把你这个年轻的当差的留下给我，我来培养他，他会成就一些事业。你瞧他那样子，是还值得好好儿来料理一下的！"

六弟先不大明白我的意思，就说我不应当用一个副兵，因为多一个人就多一种累赘。并且他知道我脾气不好,今天欢喜的自然很有趣味,明天遇到不高兴时,送这小子回湘可不容易。

他不知道我意思是要留他的副兵在上海读书的,所以说我不应当多一个累赘。

我说:"我不配用一个副兵,是不是?我不是要他穿军服,我又不是军官,用不着这排场!我要他穿的是学校的制服,使他读点书。"我还说及"倘若机会使这小子傍到一个好学堂,我敢断定他将来的成就比我们弟兄高明。我以为我所估计的绝不会有什么差错,因为这小兵决不会永远做小兵的。可是我又见过许多人,机会只许他当一个兵,他就一辈子当兵,也无法翻身。如今我意思就在另外给这小兵一种机会,使他在一个好运气里,得到他适当的发展。我认为我是这小兵的温室。"

我的六弟听到了我这种意见,他觉得十分好笑,大声的笑着。

"你在害他!"他很认真的样子说:"你以为那是培养他,其中还有你一番好意值得感谢,你以为他读十年书就可以成一个名人,这真是做梦!你一定问过他了,他当然答应你说这是很好的。这个人不止是外表可以使你满意,他的另外一方面做人处,也自然可以逗你欢喜。可是你试当真把他关到学校里去看看,你就可以明白一个作了一阵勤务兵到野蛮地方长大的人,是不是还可以读书了。你这时告他读书是一件好事,同时你又引他去见那些大学教授以及那些名人,你口上即不说这是读书的结果,他仍然知道这些人因为读书才那么舒服尊贵的。我听到他告我,你把他带到那些绅士的家中去,坐在软椅上,大家很亲热和气的谈着话,又到学校去,看看那些大学生,走路昂昂作态,仿佛家养的公鸡,穿的衣服又有各种样子,他实在也很羡慕。但是他正像你看军人一样,就只看到表面。你不是常常还说想去当兵吗?好,你何妨去试试?我介绍你到一个队伍里去试试,看看我们的生活,是不是如你所想象的美,以及旁人所说及的坏。你欢喜谈到,你去详细生活一阵好了。等你到了那里拖一月两月,你才明白我们现在的队伍,是些什么生活。平常人用自己物质爱憎与自己道德观念作标准,批评到与他们生活完全不同的军人,没有一个人说得较对。你是退伍的人,十年来什么也变迁了,你如今再去看看,你就不会再写那种从容疏放的军人生活回忆了。战争使人类的灵魂野蛮粗糙,你能说这句话却并不懂他的意思。"

我原来同我六弟说的,是把他的小兵留下来读书的事,谁知平时说话不多的他,就有了那么多空话可说。他的话中意思,有笑我是书生的神气。我因为那时正很有一点自信,以为环境可以变更任何人性,且有点觉得六弟的话近于武断了。我问他当了兵的人就不适宜于进一个学校去的理由,是些什么事,有些什么例子。

六弟说:"二哥,我知道你话里意思有你自己。你正在想用你自己作辩护,以为一个兵士并不较之一个学生为更无希望。因为你是一个兵士。你莫多心,我不是想取笑你,你不是很有些地方觉得出众吗?也不只是你自己觉得如此,你自己或许还明白你不会做一个好军人,也不会成一个好艺术家。(你自己还承认过不能做一个好公民,你原是很有自知之明!)人家不知道你时,人家却异口同声称赞过你!你在这情形下虽没有什么得意,可是你却有了一种不甚正确的见解,以为一个兵士同一个平常人有同样的灵魂这一件事情。我要纠正这个,你这是完全错误了的。平常人除了读过几本书学得一些礼貌和虚伪外,什么也不会明白,他当然不会理解这类事情。但是你不应当那么糊涂。这完全是两种世界两种阶级，把它牵强混合起来，并不是一个公平的道理！你只会做梦，打算一篇文章如何下手，却不能估计一件事情。"

"你不要说我什么，我不承认的。"我自然得分辩，不能为一个军官说输。"我过去同你说到过了，我在你们生活里，不按到一个地方好好儿的习惯，好好儿的当一个下级军官，慢慢的再图上进，已经算是落伍了的军人。再到后来，逃到另外一个方向上来，又仍然不能服从规矩，于目下的习俗谋妥协，现在成为不文不武的人，自然还是落伍。我自己失败，我明白是我的性格所成，我有一个诗人的气质，却是一个军人的派头，所以到军队人家嫌我懦弱，好胡思乱想，想那些远处，打算那些空事情，分析那些同我在一处的人的性情，同他们身分不合。到读书人里头，人家又嫌我粗率，做事麻胡[1]，行为简单得怕人，与他们身分仍然不合。在两方面皆得不到好处，因此毫无长进，对生活且觉得毫无意义。这是因为我的体质方面的弱点，那当然是毫无办法的。至于这小副兵，我倒不相信他仍然像我这样子。"

"你不希望他像你，你以为他可以像谁？还有就是他当然也不会像你。他若当真同你一样，是一个只会做梦不求实际，只会想象不要生活的人，他这时跟了我回去，机会只许他当兵，他将来还自然会做一个诗人。因为一个人的气质虽由于环境造成，他还是将因为另外一种气质反抗他的环境，可以另外走出一条道路。若是他自己不觉到要读书，正如其他人一样，许多人从大学校出来，还是做不出什么事业来。"

[1] 麻胡　马虎。

"我不同你说这种道理,我只觉得与其把这小子当兵,不如拿来读书,他是家中舍弃了的人,把他留在这里,送到我们熟人办的那个××中学校去,又不花钱,又不费事,这事何乐不为。"

我的六弟好像就无话可说了,问我××中学要几年毕业。我说,还不是同别的中学一个样子,六年就可以毕业吗?六弟又笑了,摇着那个有军人风的脑袋。

"六年毕业,你们看来很短,是不是?因为你说你写小说至少也要写十年才有希望,你们看日子都是这样随便,这一点就证明你不是军人,若是军人,他将只能说六个月的。六年的时间,你不过使这小子从一个平常中学卒业,出了学校找一个小事做,还得熟人来介绍,到书铺去当校对,资格还发生问题。可是在我们那边,你知道六年的时间,会使世界变成什么样子没有?一个学生在六年内还只有到大学的资格,一个兵士在六年内却可以升到团长,这个事比较起来,相差得可太远了。生长在上海,家里父兄靠了外国商人供养,做一点小小事情,慢慢的向上爬去,十年八年因为业务上谨慎,得到了外国资本家的信托,把生活举起,机会一来就可以发财,儿子在大学毕业,就又到洋行去做写字,这是上海洋奴的人生观。另外不作外国商人的奴隶,不作官,宁愿用自己所学去教书,自然也还有人。但是你若没有依傍,到什么地方去找书教。你一个中学校出身的人,除了小学还可以教什么书?本地小学教员比兵士收入不会超过一倍,一个稍有作为的兵士,对于生活改变的机会,却比一个小学教员多十倍;若是这两件事平平的放在一处,你意思选择什么?"

我说:"你意思以为六年内你的副兵可以做一个军官,是不是?"

"我的意思只以为他不宜读书。因为你还不宜于同读书人在一处谋生活，他自然更不适当了。"

我还想对于这件事有所争论，六弟却明白我的意思，他就抢着说："你若认为你是对的，我尽你试验一下，尽事实来使你得到一个真理。"

本来听了他说的一些话，我把这小子改造的趣味已经减去一半了，但这时好像故意要同这一位军官闹气似的，我说："把他交给我再说。我要他从国内最好的一个大学毕业，才算是我的主张成功。"

六弟笑着，"你要这样麻烦你自己，我也不好意思坚持了。"

我们算是把事情商量定局了，六弟三天即将回返湖南，等他走后我就预备为这未来的学士，找朋友补习数学和一切必需学问，我自己还预备每天花一点钟来教他国文，花一点钟替他改正卷子。那时是十月，两月后我算定他就可以到××中学去读书了。我觉得我在这小兵身上，当真会做出一分事业来，因为这一块原料是使人不能否认可以治成一件值价的东西的。

我另外又单独的和这个小兵谈及，问他是不是愿意不回去，就留在这里读书，他欢喜的样子是我描摹不来的。他告我不愿意做将军，愿意做一个有知识的平民。他还就题发挥了一些意见，我认为意见虽不高明，气概却极难得的。到后我把我们的谈话同六弟说及，六弟总是觉得好笑，我以为这是六弟军人顽固自信的脾气，所以不愿意同他分辩什么。

过了三天，三天中这小副兵真像我的最好的兄弟，我真不大相信有那么聪颖懂事的人。他那种识大体处，不拘为什么人看到时，我相信都得找几句话来加以赞美才会觉得不辜负这小子。

我不管六弟样子怎么冷落，却不去看他那颜色，只顾为我的小友打算一切。我六弟给过了我一百块钱，我那时在另外一个地方，又正得到几十块钱稿费，一时没有用去，我就带了他到街上去，为他看应用东西。我们又到另一处去看中了一张小床，在别的店铺又看中其他许多东西。他说他不欢喜穿长衣，那个太累赘了一点，我就为他定了一套短短黑呢中山服，制了一件粗毛呢大衣。他说小孩子穿方头皮鞋合式一点，我就为他定制了一双方头皮鞋。我们各处看了半天，估计一切制备齐全，所有钱已用去一半，我还好像不够的样子，倒是他说不应当那么用钱，我们两个人才转回住处。我预备把他收拾得像一个王子，因为他值得那么注意。我预备此后要使他天才同年龄一齐发展，心里想到了这小子二十岁时，一定就成为世界上一个理想中的完人。他一定会音乐和图画，不擅长的也一定极其理解。他一定对于文学有极深的趣味，对于科学又有极完全的知识。他一定坚毅诚实，又一定健康高尚。他不拘做什么事都不怕失败，在女人方面，他的成功也必然如其他生活一样。他的品貌与他的德行相称，使同他接近的人都觉得十分爱敬。……

不要笑我，我原是一个极善于在一个小事情上做梦的人，那个头顶牛奶心想二十年后成家立业的人是我所心折的一个知己，我小时听到这样一个故事，听人说到他的牛奶泼在地上时，大半天还是为他惆怅。如今我的梦，自然已经早为另一件事破灭了。可是当时我自己是忘记了我的奢侈夸大想象的，我在那个小兵身上做了二十年梦，我还把二十年后的梦境也放肆的经验到了。我想到这小子由于我的力量，成就了一个世界上最完全最可爱的男子，还因为我的帮助，得到一个恰恰与他身分相称的女子作伴，我在这一对男女身边，由于他人的幸福，居然能够极其从容的活到这世界上。那时我应当已经有了五十多

虎雏

岁，我感到生活的完全，因为那是我的一件事业，一种成功。

到后只差一天六弟就要回转湖南销差去了，我们三人到一个照相馆里去拍了一个照相。把相照过后，我们三人就到××戏院去看戏，那时时候还不到，故就转到××园里去玩。在园里树林子中落叶上走着，走到一株白杨树边，就问我的小朋友，爬不爬得上去，他说爬得上去。走了一会，又到一株合抱大枫树边，问这个爬不爬得上去，他又说爬得上去。一面走就一面这样说话，他的回答全很使我满意。六弟却独在前面走着，我明白他觉得我们的谈话是很好笑的。到后听到枪声，知道那边正有人打靶，六弟很高兴的走过去，我们也跟了过去，远远的看那些人伏在一堵土堆后面，向那大土堆的白色目标射击，我问他是不是放过枪，这小子只向着六弟笑，不敢回答。

我说："不许说谎，是不是亲自打过？"

"打过一次。"

"打过什么？"

这小子又向着六弟微笑，不敢回答。

六弟就说："不好意思说了吗？二哥你看起他那样子老实温和，才真是小土匪！为他的事我们到××差一点儿出了命案。这样小小的人，一拳也经不起，到××去还要同别的人打架，把我手枪偷出去，预备同人家拼命，若不是气运，差一点就把一个岳云学生肚子打通了。到汉口时我检查枪，问他为什么少了一颗子弹，他才告我在长沙同一个人打架用了的。我问他为什么敢拿枪去打人，他说人家骂了他丑话，又打不过别人，所以想一枪打死那个人。"

六弟觉得无味的事，我却觉得更有趣味，我揪着那小子的短头发，使他脸望着我，不好躲避，我就说："你真是英雄，有胆量。我想问你，那个人比你大多少？怎么就会想打死他？"

"他大我三岁，是岳云中学的学生，我同参谋在长沙住在××，六月里我成天同一个军事班的学生去湘河洗澡，在河里洗澡，他因为泅水比我慢了一点，和他的同学，用长沙话骂我屁股比别人的白，我空手打不过他，所以我想打死了他。"

"那以后怎么又不打死他？"

"打了一枪不中，子弹揹了膛，我怕他们捉我，所以就走脱了。"

六弟说："这种性情只好去当土匪，半年就可以做大王。"

我说："我不承认你这句话。他的胆量使他可以做大王，也就可以使他做别的伟大事业。你小时也是这样的。同人到外边去打架胡闹，被人用铁拳星打破了头，流满了一脸的血，说是不许哭，你就不哭，你所以现在做军官，也不失为一个好军人。若是像我那么不中用，小时候被人欺侮了，不能报仇，就坐在草地上去想，怎么样就学会了剑仙使剑的方法，飞剑去杀那个仇人，或者想自己如何做了官，派家将揪着仇人到衙门来打他一千板屁股，出出这一口气。单是这样空想，有什么用处？一个人越善于空想，也就越近于无用，我就是一个最好的榜样。"

六弟说："那你的脾气也不是不好的脾气，你就是因为这种天赋的弱点，成就了你另外一个天赋的长处。若是成天都想摸了手枪出去打人，你还有什么创作可写。"

"但是你也知道多少文章就是多少委屈。"

"好，我汉口那把手枪就送给你，要他为你收着，从此有什么被人欺侮的事，就要这个小英雄去替你报仇好了。"

六弟说得我们大家都笑了。我向小兵说，假若有一把手枪，将来我讨厌什么人时，要你为我去打死他们，敢不敢去动手？他望了我笑着，略略有点害羞，毅然的说"敢。"我很相信他的话，他那态度是诚恳天真，使人不能不相信的。

我自然是用不着这样一个镖客喔！因为始终我就没有一个仇人值得去打一枪。有些人见我十分沉静，不大谈长道短，间或在别的事上造我一点谣言，正如走到街上被不相识的狗叫了一阵的样子，原因是我不大理会他们，若是稍稍给他们一点好处，也就不至于吃惊受吓了。又有些自己以为读了很多书的人，他不明白我，看我不起，那也是平常的事。至于女人都不欢喜我，其实就是我把逗女人高兴的地方都太疏忽了一点，若我觉得是一种仇恨，那报仇的方法，倒还得另外打算，更用不着镖客的手枪了。

不过我身边有了那么一个勇敢如小狮子的伙伴，我一定从此也要强干一点，这是我顶得意的。我的气质即或不能许我行为强梁，我的想象却一定因为身边的小伴，可以野蛮放肆一点。他的气概给了我一种气力，这气力是永远还能存在而不容易消灭的。

那天我们看的电影是《神童传》，说一个孤儿如何奋斗成就一生事业。

第二天，六弟就动身回湖南去了。因六弟坐飞机去，我们送他到飞机场，六弟见我那种高兴的神气，不好意思说什么扫兴的话批评到小兵，他当到小兵告我，若是觉得不能带他过日子时，就送到南京师部办事处去，因为那边常有人回湖南，他就仍然可以回去。六弟那副坚决冷静的样子，使我感到十分不平，我就说：

"我等到你后来看他的成就，希望你不要再用你的军官身分看待他！"

"那自然是好的。你自信能成就他，恐怕的是他不能由你的造就。你就留下他过几个月看看吧。"

我纠正他的前面一句话大声的说："过几年。"

六弟忙说："好，过几年，一件事你能过几年不变，我自然也高兴极了。"

时间已到，六弟坐到飞机客座里去，不一会这飞机就开走了，我们待飞机完全不见时方回家来。回来时我总记到六弟那种与我意见截然相反的神气，觉得非常不平，以为六弟真是一个军人，看事情都简单得怕人，自信成见极深，有些地方真似乎顽固得很。我因为六弟说的话放在心上，便觉得更想耐烦来整顿我这个小兵，我也就想用事实来打破六弟的成见，我以为三年后暑假带这小兵回乡时，将让一切人为我处理这小孩子的成绩惊讶不已。

六弟走后我们预定的新生活便开始了，看看小兵的样子，许多地方聪明处还超过了我的估计，读书写字都极其高兴，过了四天，数学教员也找到了，教数学的还是一个大学教授！这大教授一到我处，见到这小兵正在读书，他就十分满意，他说："这小朋友我很爱他，真是一个笑话。"我说："那就妙极了，他正在预备考××中学，你大教授权且来尽义务充一个小学教员，教他乘法除法同分数吧。"这大教授当时毫不迟疑就答应了。

许多朋友都知道我家中有一个小天才的事情了，凡是来到我住处玩的，总到亭子间小朋友处去谈谈。同了他玩过一点钟的，无一人不觉得他可爱，无一人不觉得这小子将来成就会超过自己。我的朋友音乐家××，就主张这小朋友学提琴，他愿意每天从公共租界极北跑来教他。我的朋友诗人××，又觉得这小孩应当成一个诗人。还有一个工程学教授宋先生,他的意见却劝我送小孩子到一个极严格的中学校去,将来卒业若升入北洋大学时,则他愿意帮助他三年学费。还有一个律师,一个很风趣的人,他说:"为了你将来所有作品版税问题,你得让他成一个有名的律师,才有生活保障。"

大家都愿意这小朋友成为自己的同志,且因这个原故,他们各个还向我解释过许多理由。为什么我的熟人都那么欢喜这小兵,当时我还不大明白,现在才清楚,那全是这小兵有一个迷人的外表。这小兵,确实是太体面一点了。我的自信,我的梦,也就全是为那个外表所骗而成的!

这小兵进步是很快的,一切都似乎比我预料得还顺利一点,我看到我的计划,在别人方面的成功,感到十分快乐。为了要出其不意使六弟大吃一惊,目前却不将消息告给六弟。为这小兵读书的原因,本来生活不大遵守秩序的我,也渐渐找出秩序来了。我对于生活本来没有趣味,为了他的进步,我像做父亲的人在佳子弟面前,也觉得生活还值得努力了。

每天我在我房中做事情,他也在他那间小房中做事情,到吃饭时就一同往隔壁一个外国妇人开的俄菜馆吃牛肉汤同牛排。清早上有时到××花园去玩,有时就在马路沿走走。晚上饭后应当休息一会儿时节,不是我为他学西北绥远包头的故事,就是学东北的故事。有时由他说,则他可以告我近年来随同六弟到各处剿匪的事情,他用一种诚实动人的湘西人土话,说到六弟的胆量。说到六弟的马。说到在什么河边滩上用盒子枪打匪,他如何伏在一堆石子后面,如何船上失了火,如何满河的红光。又说到在什么洞里,搜索残匪,用烟子薰洞,结果得到每只有三斤多重的白老鼠一共有十七只,这鼠皮近来还留在参谋家里。又说到名字叫作"三五八"的一个苗匪大王，如何勇敢重交情，不随意抢劫本乡人。凡事由于这小兵说来，搀入他自己的观念，仿佛在这些故事的重述上，见到一个小小的灵魂，放着一种奇异的光，我在这类情形中，照例总是沉默到一种幽杳的思考里，什么话也没有可说。因这小朋友观念、感想、兴味的对照，我才觉得我已经像一个老人：再不能同他一个样子了。这小兵的人格，使我在反省中十分忧郁，我在他这种年龄上时，却除了逃学胡闹或和了一些小流氓蹲在土地上掷骰子赌博以外，什么也不知道注意的。到后我便和他取了同样的步骤，在军队里做小兵，极荒唐的接近了人生。但我的放荡的积习，使我在作书记时，只有一件单汗衣，因为自己一洗以后即刻落下了行雨，到下楼吃饭时还没有干，不好意思赤膊到楼下去同副官们吃饭，我就饿过一顿饭。如今这小兵，却俨然用不着人照料也能够站起来成一个人。因为小兵的人格，想起我的过去，以及为过去积习影响到的现在，我不免感觉到十分难过。

日子从容的过去，一会儿就有了一个月，小兵同我住在一处，一切都习惯了，有时我没有出门，要他到什么地方去看看信，也居然做得很好。有时数学教员不能来，他就自己到先生那里去。时间一久，有些性质在我先时看来，认为是太粗鲁了一点的，到后也都没有了。

有一天，我得到我的六弟由长沙来的一个信，信上说着：

……二哥，你的计划成功了没有？你的兴味还如先前那样浓厚没有？照我的猜想，你一定是早已觉得失败了。我同你说到过的，"几个月"你会觉得厌烦，你却说"几年"也不厌烦，我知道你这是一句激出来的话，你从我的

151

虎雏

冷静里，看出我不相信你能始终其事，你样子是非常生气的。可是你到这时一定意见稍稍不同了。我说这个时，我知道，你为了骄傲，为了故意否认我的见解，你将仍然能够很耐烦的管教我们的小兵，你一定不愿意你做的事失败。但是，明明白白这对你却是很苦的，如今已经快到两个月了，你实在已经够受了，当初小孩子的劣点以及不适宜于读书的根性，倘若当初是因为他那迷人的美使你原谅疏忽，到如今，他一定使你渐渐的讨厌了。

……我希望你不要太麻烦自己。你莫同我争执，莫因拥护你那做诗人的见解，在失败以后还不愿意认账。我知道你的脾气，因为我们为这件事讨论过一阵，所以你这时还不愿意把小兵送回来，也不告我关于你们的近状。可是我明白，你是要在这小子身上创造一种人格，你以为由于你的照料，由于你的教育，可以使他成一个好人。但是这是一种夸大的梦，永远无从实现的。你可以影响一些人，使一些人信仰你，服从你，这个我并不否认的。但你并不能使那个小兵成好人。你同他在一处，在他是不相宜的，在你也极不相宜。我这时说这个话时也许仍然还早了一点，可是我比你懂那个小兵，他跟了我两年，我知道他是什么材料。他最好还是回来，明年我当送他到军官预备学校去，这小子顶好的气运，就是在军队中受一种最严格的训练，他才有用处，才有希望。

……你不要以为我说的话近于武断，我其实毫无偏见。现在有个同事王营长到南京来，他一定还得到上海来看看你，你莫反对我这诚实的提议，还是把小兵交给那个王同事带回去。两个月来我知道你为他用了很多的钱，这是小事，最使我难过的，还是你在这个小兵身上，关于精神方面损失得很多，将来出了什么事，一定更有给你烦恼处。

……你觉得自信并不因这一次事情的失败而减去，我同你说一句笑话，你还是想法子结婚。自己的小孩，或者可以由自己意思改造，或者等我明年结婚后，有了小孩，半岁左右就送给你，由你来教养培植。我很相信你对小孩教育的认真，一定可以使小孩子健康和聪敏，但一个有了民族积习稍长一点的孩子，同你在一块，会发生许多纠纷。

…………

六弟的信还是那么军人气度，总以为我是失败了，而在斗气情形下勉强同他的小兵过日子的。尤其他说到那个"民族"积习，使我很觉得不平。我很不舒服，所以还想若果姓王的过两天来找寻我时，我将不会见他。

过了三天，我同小兵出外到一个朋友家中去，看从法国寄回来的雕刻照片，返身时，二房东说有一个军官找我，坐了一会留下一个字条就走了。看那个字条，才知道来的就是姓王的，先是六弟只说同事王营长，如今才知道六弟这个同事，却是我十多年前的同学。我同他在本乡军士技术班做学生时，两个人成天皆从家中各扛了一根竹子，预备到学校去练习撑篙跳，我们两个人年纪都极小，每天穿灰衣着草鞋扛了两根竹子在街上乱撞，出城时，守城兵总开玩笑叫我们做小猴子，故意拦阻说是小孩子不许扛竹子进出，恐怕戳坏他人的眼睛。这王军官非常狡猾，就故意把竹子横到城门边，大声的嚷着说是守城兵抢了他的撑篙跳的杆儿。想不到这人如今居然做营长了。

　　为了我还想去看看我这个同学，追问他撑篙跳进步了多少，还想问他，是不是还用得着一根腰带捆着身上，到沙里去翻筋斗。一面我还想带了小兵给他看看，等他回去见到六弟时，使六弟无话可说，故当天晚上，我们在大中华饭店就见面了。

　　见到后一谈，我们提到那竹子的事情，王军官说：

　　"二爷，你那个本领如今倒精细许多了，你瞧你把一丈长的竹子，缩短到五寸，成天拿了他在纸上画，真亏你！"

　　我说："你那一根呢？"

　　他说："我的吗？也缩短了，可是缩短成两尺长的一枝笛子。我近来倒很会吹笛子。"

　　我明白他说的意思，因为这人脸上瘦瘦白白的，我已猜到他是吃大烟了。我笑着装作不甚明白的神气，"吹笛子倒不坏，我们小时都只想偷道士的笛子吹，可是到手了也仍然发不成声音来。"

　　军官以为我愚骏，领会不到他所指的笛子是什么东西，就极其好笑。"不要说笛子吧，吹上了瘾真是讨厌的事！"

　　我说："你难道会吃烟了吗？"

　　"这算奇怪的事吗？这有什么会不会？这个比我们俩在沙坑前跳三尺六容易多了。不过这些事倒是让人一着较好，所以我还在可有可无之间，好像唱戏的客串，算不得脚色。"

　　"那么，我们那一班学撑篙跳的同学，都把那竹子截短了。"

　　"自然也有用不着这一手的，不过习惯实在不大好，许多拿笔的也拿'枪'，无从编遣。"

说到这里我们记起了那个小兵了,他正站在窗边望街,王军官说:

"小鬼头,你样子真全变了,你参谋怕你在上海捣乱,累了二先生,要你跟我回去,你是想做博士,还想做军官?"

小兵说:"我不回去。"

"你跟了二先生这么一点日子,就学斯文得没有用处了。你引我的三多到外面玩玩去。你一定懂得到'白相'了。你就引他到大马路白相去,不要生事,你找个小馆子,要三多请你喝一杯酒,他才得了许多钱。他想买靴子,你引他买去,可不要买像巡捕穿的。"

小兵听到王军官说的笑话,且说要他引带副兵三多到外面去玩,望着我只是笑,不好作什么回答。

王军官又说:"你不愿同三多玩,是不是?你二先生现在到大学堂教书,还高兴同我玩,你以为你就是学生,不能同我副兵在一起白相了吗?"

小兵见王军官好像生了气,故意拿话窘着他,不会如何分辩,脸上显得绯红。王军官便一手把他揪过去,"小鬼头,你穿得这样体面,人又这样标致,同我回去,我为你做媒讨老婆,不要读书了吧。"

小兵益觉得不好意思,又想笑又有点怕,望着我想我帮帮他的忙,且听我如何吩咐,他就照样做去。

我见到我这个老同学爽利单纯,不好意思不让他陪勤务兵出去玩,我就说:"你熟习不熟习买靴子的地方?"

他望了我半天,大约又明白我不许他出去,又记到我告过他不许说谎,所以到后才说:"我知道。"

王军官说:"既然知道,就陪三多去。你们是老朋友,同在一堆,你不要以为他的军服就辱没了你的身分。你的样子倒像学生,你的心可不是学生。你莫以为我的勤务兵相貌蠢笨,将军多像猪,三多是有将军的分的。你们就去吧,我同你二先生还要在这里谈话,回头三多请你喝酒,我就要二先生请我喝酒。……"

王军官接着就喊:"三多,三多。"那副兵当我们来时到房中拿过烟茶后,出去似乎就正站立在门外边,细听我们的谈话,这时听到营长一叫,即刻就进来了。

这副兵真像一个将军,年纪似乎还不到十六岁,全身就结实得如成人,身体虽壮实却又非常矮短,穿的军服实在小了一点,皮带一束因此全身崩得紧紧的如一木桶,衣服同身体便仿佛永远在那里作战。在一种紧张情形中支持,随时随处身上的肉都会溢出来,衣服也会因弹性而飞去。这副兵样子虽痴,性情却十分好,他把话都听过了,一进来就笑嘻嘻的望着小兵。

王军官一见到自己勤务兵的痴样子,做出十分难受的神情:"三大人,我希望你相信我的忠告,少吃喝一点,少睡一点!你到外面去瞧瞧,你的肉快要炸开了。我要你去爬到那个洋秤上去过一下磅,看这半个月来又长了多少,你磅过没有?人家有福气的人肥得像猪,一定是先做官再发体,你的将军还没有得到,在你的职务上就预先发起胖来,将来怎么办?"

那勤务兵因为在我面前被王军官开着玩笑,仿佛一个十几岁处女一样,十分腼腆害羞,说道:"我不知为什么总要胖。"

"沈参谋告你每天喝醋一碗,你试验过没有?"

那勤务兵说不出话来,低下头去,很有些地方像《西游记》上的猪八戒,在痴呆中见出妩媚。我忍不住要笑了,就拈了一枝烟来,他见到时赶忙来刮自来火。我问他,是什么乡下的,今年有了多大岁数？他告我他是××的人，搬到城里住，今年还只十六岁。我又问他为什么那么胖，他十分害羞的告我说，是因为家中卖牛肉同酒，小小儿吃肉就发了膘。

王军官告三多可以跟着小兵去玩，我不好意思不让他们去，到后两人就出去了。

我同这个老同学谈了许多很有趣味的话，到后我就说："营长，你刚才说的你的未来将军请我的未来学士喝酒，我就来做东，只看你欢喜吃什么口味。"

王军官说："什么都欢喜，只是莫要我拿刀刀叉叉吃盘中的饭，那种罪我受不了。"

…………

第二天我们早约定了要到王军官处去的，因为一去我怕我的"学士"又将为他的"将军"拖去，故告诉他，今天不要出去，就在家中读书，等一会儿一个杜先生同一个孙先生或许还要来。（这些朋友是以到我处看看小兵为快乐的。）我又告他，若是杜教授来了，他可以接待客人到他小房间里去，同客人玩玩。把话嘱咐过后，我就到大中华饭店找寻王军官去了。晚上我们一同到一个电影院去消磨了两个钟头，那时已经快要十二点钟了，我很担心一个人留在家中的小兵，或者还等候着我没有睡觉，所以就同王军官分了手。约好明天我送他上车过南京。回来时，我奇怪得很，怎么不见了小兵。我先以为或者是什么朋友把他带走看戏去了，问二房东有什么朋友来找我，二房东恰恰日里也没有在家，回来时也极晏。我又问到二房东家的用人，才知道下午有一个大块头兵士来邀他出去，出门时还是三点钟以前。我算定这兵士就是王军官处那个勤务兵，来邀他玩，他又不好推辞，以为

157

虎雏

这一对年轻人一定是到什么热闹场所去玩,所以把回家的时间也忘却了,当时我就很生气,深悔昨天不应该带他到那里去,今天又不该不带他去。

我坐在房中等着,预备他回来时为他开门,一直等过了十二点还毫无消息。我以为不是喝醉了酒,就一定是在外面闯了乱子,不敢回来,住到那将军住处去了,这些事我认为全是那个王军官的副兵勾引成功的,所以非常愤恨那个小胖子。我想我此后可再不同这军官来往了,再玩一天我的学士就会学坏,使我为他所有一切的打算,都将付之泡影。

到十二点后他不回来,我有点疑心,就到他住身的亭子间去,看看是不是留得什么字条,看了一下,却发现了他那个箱子位置有点不同,蹲下去拖出箱子看看,他的军衣都不见了,我忽然明白他是做些什么事了,非常生气,跑回到我自己房中来,检察我的箱子同写字台的抽屉,什么东西都没有动过,一切秩序井然如旧,显然他是独自私逃走去的。我恐怕王军官那边还闹了乱子,拐失了什么东西,赶快又到大中华饭店去,到时正见王军官生气骂茶房,见我来了才不作声,还以为我是来陪他过夜的,就说:

"来的好极了,我那将军这时还不回来,莫非被野鸡捉去了!"

我说:"恐怕他逃了,你赶快清查一下箱子,有些东西失落没有。"

"哪里有这事,他不会逃的。"

"我来告你,我的学士也不在家了!你的将军似乎下午三点钟时候,就到我住处邀他,两人一块儿走了!"

王军官一跳而起,拖出箱子一看,一些日前为太太兑换的金饰同钞票,全在那里,还有那枝手枪,也搁在那里,不曾有人动过。他一面搜检其他一个为朋友们代买物件所置的皮箱，一面同我说："这土匪，我看不出他会逃走！"看到另外一口箱子也没有什么东西失掉，王军官松了一大口气，向我摇着头说："不会逃走，不会逃走，一定是两人看戏恐怕责罚不敢回来了，一定是被野鸡拉去了，上海野鸡这样多，我这营长到乡下的威风，来到此地为她们一拉也头昏了，何况我那个宝贝。不过那宝贝也要人受，他是不会让别人占多少便宜的，身上油水虽多，可不至于上当。他是那么结实的，在女人面前他不会打下败仗来，只是你那个学士，我真为他担心。她们恐怕放不过他，他会为那些老鸡折磨一整夜，这真是糟糕的事。"

我说："恐怕不是这样，我那个学士，他把军服也带走了。"

王军官先还笑着，因为他见到东西没有失掉，所以总以为这两个人是被妓女扣留到那里过夜的，所以还露着羡慕的神气，笑说他的将军倒有福气。他听到我说是小兵军服也拿走了，才相信我的话，大声的辱骂着"杂种"，同时就打着哈哈大笑。他向我笑着说：

"你六弟说这小子心野得很，得把他带回去，只有他才管得到这小土匪，不至于多事，我还没有和你好好的来商量，事就发生了。我想不到是我那个将军居然也想逃走，你看他那副尊范，居然在那全是板油的肚子里，也包得有一颗野心。他们知道逃走也去不远，将来终有方法可以知道所去的地方，恐怕麻烦，所以不敢偷什么东西。……"

说到这里，这军官忽然又觉得这事一定另外还有蹊跷了，因为既然是逃走，一个钱不拐去，他们又到什么地方去了呢？若说别处地方有好事情干，那么两个宝贝又没有枪械，徒手奔走去会做什么好事情？

他说："这个事我可不明白了！我不相信我那个将军，到另外一个地方去比他原来的生活还好！你瞧他那样子，是不是到别的地方去

虎雏

就可以补上一个大兵的名额？他除了河南人耍把戏，可以派他站到帐幕边装傻子收票以外，没有一个去处是他合式的去处！真是奇怪的世界，这种傻瓜还要跳槽！"

我说："我也想过了，我那一位也不应当就这样走去的。我问你，你那将军他是不是欢喜唱戏？他若欢喜唱戏，那一定是被人骗走了。由他们看来，自然是做一个名角也很值得冒一下险。"

王军官摇着头连说："绝对不会，绝对不会。"

我说："既不是去学戏，那真是古怪事情。我们应当赶即写几个航空信到各方面去，南京办事处，汉口办事处，长沙，宜昌，一定只有这几个地方可跑，我们一定可以访得出他们的消息。明天早上我们两人还可到车站上去看看，还可到轮船上去看看。"

"拉倒了吧，你不知道这些土匪的根基是这样的，你对他再好也无益处。你不要理他们算了，这些小土匪有许多天生是要在各种古怪境遇里长大成人的，有些鱼也是在逆水里浑水里才能长大。我们莫理他，还是好好睡觉吧。"

我这个老同学倒真是一个军人胸襟，这件事发生后，骂了一阵，说了一阵到后不久仍然就躺在沙发上睡着了。我是因为告他不能同谁共床，被他勒到一个人在床上睡的。想到这件事情的突然而至，而为我那个小兵估计到这事不幸的未来，又想到或者这小东西会为人谋杀或饿死，到无人知道的什么隐僻地方，心中轮转着辘轳，听着王军官的鼾声，响四点钟了我才稍稍的合了一下眼。

第二天八点，我们就到车站上去，到各个车上去寻找，看到两路快慢车的开去后，又赶忙走到黄浦江边，向每一只本日开行的轮船上去探询。我们又买了好几份报纸，以为或者可以得到一点线索，自然什么结果也没有得到。

　　当天晚上十一点钟，那个王军官仍然一个人上车过南京去了，我还送他到车上去，开车后，我出了车站，一个人极其无聊，想走到北四川路一个跳舞场去看看，是不是还可以见到个把熟人。因为我这时回去，一定又睡不着，我实在不愿意到我那住处去，我想明天就要另外搬一个家。我心上这时难受得很，似乎一个男子失恋以后的情形，心中空虚，无所依傍。从老靶子路一个人慢慢儿走到北四川路口，站了一会，见一辆电车从北驶来，心中打算不如就搭个车回去，说不定到了家里，那个小兵还在打盹等候着我回来！可是车已上了，这一路车过海宁路口时，虹口大旅社的街灯光明烛照，引起了我的注意，我临时又觉得不如在这旅馆住一夜，就即刻跳下了车。到虹口大旅社，我看了一间小小房间，茶房看见我是单身，以为我或者是来到这里需要一个暗娼作陪的，就来同我说话，到后见我告他不要在房里，只嘱咐他重新上一壶开水就用不着再来时，把事做了出去，他看到我抑郁不欢，一定猜我是来此打算自杀的人。我因为上一晚没有睡好，白天又各处奔走累了一天，当时倒下去就睡着了。

　　第二天大清早我回到住处，计划搬家的事，那个听差为我开门时，却告我小朋友已经回来了，我听到这个消息，心中说不分明的欢喜，一冲就到三楼房中去，没有见到他，又走过亭子间去，也仍然没有见到他，又走到浴间去找寻，也没有人。那个听差跟在我身后上来，预备为我升炉子，他也好像十分诧异，说：

　　"又走了吗？"

　　我以为他或因为害羞躲在床下，还向床下去看过一次。我急急促促的问他："这是怎么回事，他什么时候到这儿来？"

听差说:"昨天晚上来的,我还以为他在这里睡。"

我说:"他不说什么话吗?"

听差说:"他问我你是什么时候出去的。"

"不说别的了吗?"

"他说他饿了,饭还不曾吃,到后吃了一点东西,还是我为他买的。"

"一个人吗?"

"一个人。"

"样子有什么不同吗?"

听差好像不明白我问他这句话的意义,就笑着说:"同平常一样长得好看,东家都说他像一个大少爷。"

我心里乱极了,把听差哄出房门,訇的把门一关,就用手抱着头倒在床上睡了。这事情越来越使我觉得奇怪,我为这迷离不可摸捉的问题,把思想弄成纷乱一团。我真想哭了。我真想殴打我自己,我又来深深的悔恨自己,为什么昨天晚上没有回来?我又悔恨昨天我们为了找寻这小兵,各处都到过了,为什么不回到自己住处来看看?

使我十分奇怪的,是这小东西为什么拿了衣服逃走又居然回来?若说不是逃走,那这时又到哪里去了呢?难道是这时又跑到大中华去找我们,等一会儿还回来吗?难道是见我不回来,所以又逃走了吗?难道是被那个"将军"所骗,所以逃回来,这时又被逼到逃走了吗?

事情使我极其糊涂,我忽然想到他第二次回来一定有一种隐衷,一定很愿意见见我,所以等着我,到后大约是因为我不回来,这小兵心里吓怕,所以又走去了。我想到各处找寻一下,看看是不是留得有什么信件,以及别的线索,把我房中各处皆找到了,全没有发现什么。到后又到他所住的房里去,把他那些书本通通看过,把他房中一切都搜索到了，还是找不出一点证据。

因为昨天我以为这小兵逃走，一定是同王军官那个勤务兵在一处，故找寻时绝不疑心他到我那几个熟人方面去。此时想起他只是一个人回来，我心里又活动了一点，以为或者是他见我不回来，所以大清早走到我那些朋友处找我去了。我不能留在住处等候他，所以就留下了一个字条，并且嘱咐楼下听差，倘若是小兵回来时，叫他莫再出去，我不久就当回来的。我于是从第一个朋友家找到第二个朋友家，每到一处当我说到他失踪时，他们都以为我是在说笑话，又见到我匆匆忙忙的问了就走，相信这是一个事实时，就又拦阻了我，必得我把情形说明，才能够许我脱身。我见到各处皆没有他的消息，又见到朋友们对这事的关心，还没有各处走到，已就心灰意懒明白找寻也是空事了。先前一点点希望，看看又完全失败，走到教小兵数学的××教授家去，他的太太还正预备给小朋友一枝自来水笔，要××教授今天下半天送到我住处去，我告他小兵已逃走了，这两夫妇当时的神气，我真永远还可以记忆得到。

各处皆绝望后，我回家时还想或者他会在火炉边等我，或者他会睡在我的床上，见我回来时就醒了。听差为我开门的样子，我就知道最后的希望也完了。我慢慢的走到楼上去，身体非常疲倦，也懒得要听差烧火，就想去睡睡，把被拉开，一个信封掉出来了。我像得到了救命的绳子一样，抓着那个信封，把它用力撕去一角，上面只写着这样一点点话：

　　二先生，我让这个信给你回来睡觉时见到。我同三多惹了祸，打死了一个人，三多被人打死在自来水管上。我

163

虎雏

走了。你莫管我，你莫同参谋说。你保佑我吧。

　　为了我想明白这将军究竟因什么事被人打死在自来水管子上，自来水管又在什么地方，被他们打死的另外一个人，又是什么人，因此那一个冬天，我成天注意到那些本埠新闻的死亡消息，凡是什么地方发现了一个无名尸首时，我总远远的跑去打听，但是还仍然毫无结果。只听到一个巡警被人打死的一次消息，算起日子来又完全不对。我还花了些钱，登过一个启事，告诉那个小兵说，不愿意回来，也可以回到湖南去，我想来这启事是不是看得到，还不可知，若见到了，他或者还是不会回湖南去的。

　　这就是我常常同那些不大相熟爱讲故事的人，说笑话时，说我有一个故事，真像一个传奇，却不愿意写出这原因！有些人传说我有一个希奇的恋爱，也就是指这件事而言。有了这件事以后，我就再也不同我的六弟通信讨论问题了。我真是一个什么小事都不能理解的人，对于性格分析认识，由于你们好意夸奖我的，我都不愿意接受。因为我连一个十二岁的小孩子，还为他那外表所迷惑，不能了解，怎么还好说懂这样那样。至于一个野蛮的灵魂，装在一个美丽盒子里，在我故乡是不是一件常有的事情，我还不大知道；我所知道的，是那些山同水，使地方草木虫蛇皆非常厉害。我的性格算是最无用的一种型，可是同你们大都市里长大的人比较起来，你们已经就觉得我太粗糙了。

廿年五月十五
完于新窄而霉斋

黔小景

本篇发表于 1931 年 11 月 20 日《北斗》第 1 卷第 3 期。署名沈从文。

三月间的贵州深山里，小小雨总是特别多，快出嫁时乡下姑娘们的眼泪一样，用不着什么特殊机会，也常常可以见到。春雨落过后，大小路上烂泥如膏，远山近树皆躲藏在烟里雾里，各处有崩坏的坎，各处有挨饿后全身黑区区的老鸦，天气早晚估计到时常常容易发生错误，许多小屋子里，都有憔悴的妇人，望到屋檐外的景致发愁了。

官路上，这时节正有多少人在泥里雨里奔走。这些人中有作兵士打扮送递文件的公门中人，有向远亲奔事的人，有骑了马回籍的小官，有行法事的男女巫师，别忘记，这种人有时是穿了鲜明红色缎袍，一旁走路一旁吹他手中所持镶银的牛角，招领到一群我们看不见的鬼神走路的。单独的或结伴的走着。最多的是商人，这些活动的份子，似乎为了一种行路的义务，长年从不休息，在这官路上来往的。他们从前一辈父兄传下的习惯，用一百八十的资本，同一具强健结实的身体，如云南小马一样，性格是忍劳耐苦的，耳目是聪明适用的：凭了并不有十分把握的命运，按照那个时节的需要，三五成群的负扛了棉纱、水银、白蜡、梧子、官布、棉纸，以及其他两地所必需交换的出产，长年用这条长长的官路，折磨到那两只脚，消磨到他们的每一个日子中每人的生命。

因为新年的过去，新货物在节候替移中，有了巨量的出纳，各处春货皆快要上市了，加之雪后的春晴，行路方便，这些人，皆在家中先吃得饱饱的，睡得足足的，选了好的日子上路。官路上商人增加了许多，每一个小站上，也就热闹许多了。

但吹花送寒的风，却很容易把春雨带来。春雨一落后，路上难走了。在这官路上作长途跋涉的人，因此就有了一种灾难。落了雨，日子短了许多，许多心急的人，也不得不把每日应走的里数缩短，把到达目的地的日子延长了。

于是许多小站上的小客舍里，天黑以前都有了商人落脚。这些人一到了站上，便像军队从远处归了营，纪律总不大整齐，因此客舍主人便忙碌起来了。他好为他们预备水，预备火，照料到一切，若客人多了一点，估计到坛中余米不大敷用时，还得忙匆匆的到别一家去借些米来。客人好吃喝时，还得为他们备酒杀鸡。主人为客烧汤洗脚，淘米煮饭，忙了一阵，到后在灶边矮脚台凳上，辣子豆腐牛肉干鱼排了一桌子，各人喝着滚热的烧酒，嚼着粗粝的米饭。把饭吃过后，就有了许多为雨水泡得白白的脚，在火堆边烘着，那些善于说话的人，口中不停说着各样在行的言语，谈到各样撒野粗糙故事。火光把这些饶舌的或沉默的人影，各拉得长短不一，映照到墙上去，过一会，说话的沉默了。有人想到明早上路的事，打了哈欠，有人打了盹，低下头时几几乎把身子栽到火中去。火光也渐渐熄灭了，什么人用火铁箸搅和着，便骤然向上卷起通红的火焰。外面雨声或者更大了一点，或者已结束了，于是这些人，觉得应当到了睡的时候了。

到睡时，主人在屋角的柱上，高高的悬着一盏桐油灯，站到一个凳子上，去把灯芯爬亮了一点，这些人，到门外去方便了一下，因为看到外面极黑，便说着什么地方什么时节豹狼吃人的旧话，虽并不畏狼，总问及主人，这地方是不是也有狼咬人颈项的事情。一面说着，各在一个大床铺的草荐上，拣了自己所需要的一部分，拥了发硬微臭的棉絮，就这样倒下去睡了。

半夜后，或者忽然有人为什么声音吼醒了。这声音一定还继续短而宏大的吼着，山谷相应，谁个听来也明白这是老虎的声音。这老虎为什么发吼，占据到什么地方，生谁的气？这人是不会去猜想的。商人中或者有贩卖虎皮狼皮的人，听到这个声音时，他就估计到这东西的价值，每一张虎皮到了省会客商处，能值多少钱。或者所听到的只是远远的火炮同打锣声音，人可想得出，这时节一定有什么人攻打什么村子，各处是明明的火把，各处是锋利的刀，无数用锅烟涂黑的脸，在各处大声喊着。一定有砍杀的事，一定有妇人，哭哭啼啼抱了孩子，忙匆匆的向屋后竹园跑去的事，一定还有其他各样事情，因为人类的仇怨，使人类作愚蠢事情的机会，实在太多了。但这类事同商人又有什么关系？这事是决不会到他们头上来的。一切抢掠焚杀的动机，在夜间发生的，多由于冤仇而来。听一会，锣声止了，他们也仍然又睡着了。

....

有一天，有那么两个人，落脚到一个孤单的客栈里。一个扛了一担作账簿用的棉纸，一个扛了一担染色用的梧子。他们因为在路上耽误了些时间，掉在大帮商人后面了几里路，不能追赶上去，落雨的天气照例断黑又极早，年纪大一点的那个人，先一日腹中作泻，这时也不愿意再走路了，所以不到黄昏，两人就停顿下来了。

169

黔小景

他们照平常规矩，到了站，放下了担子，等候烧好了水，就脱下草鞋，在灶边一个木盆里洗脚。主人是一个老男子，头上发全是白的，走路腰弯弯的如一匹白鹤。今天是他的生日，这老年人白天一个人还念到这生日，想不到晚上就来那么两个客人了。两个客人一面洗脚，一面就问有什么吃的。

这老人站到一旁好笑，说：“除了干红豆，什么也没有了。”

年青那个商人说：“你们开铺子，用红豆待客吗？”

"平常有谁肯到我们这里住？到我这儿坐坐的，全是接一个火吃一袋烟的过路人。我这红豆本来留到自己吃的，你们是我这店里今年第一个客。对不起你们，马马虎虎吃一顿吧。我们这里买肉，远得很，这里隔寨子，还有二十四里路，要半天工夫。今天本来预备托人买点肉，落了雨，前面村子里就无人上市。"

"除了红豆就没有别的吗？"客人意思是有没有鸡蛋。

老人说："有红薯。"

红薯在贵州乡下人当饭，在别的什么地方，城里人有时却当菜，两个客人都听到人说过，有地方，城里人吃红薯是京派，算阔气的行为，所以现在听到说红薯当菜就都记起"京派"的称呼，以为非常好笑，两人就很放肆的笑了一阵。

因为客人说饿了，这主人就爬到凳子上去，取那些挂在梁上的红薯，又从一个坛子里抓取红豆，坐到大门边，用力在筛心木板上，轧着那些红豆条。

这时门外边雨似乎已止住了，天上有些地方云开了眼，云开处皆成为桃红颜色，远处山上的烟好像极力在凝聚，一切光景在到黄昏里明媚如画，看那样子明天会放晴了。

坐在门边的主人，看到天气放了晴，好像十分快乐，拿了筛子放到灶边去，像小孩子的神气说着："晴了，晴了，我昨天做梦，也梦到今天会晴。"有许多乡下人，在落春雨时都只梦到天晴，所以这时节，一定也有许多人，在向另一个人说他的梦。

他望到客人把脚洗完了，赶忙走到房里去，取出了两双鞋子来给客人。那个年青一点的客，一面穿鞋一面就说："怎么你的鞋子这样同我的脚合式！"

年长商人说："穿别人的新鞋非常合式，主有酒吃。"

年青人就说："伯伯，那你到了省城一定请我喝。"

年长商人就笑了："不，我不请你喝。这兆头是中在你讨媳妇的，应当喝你的喜酒。"

"我媳妇还在吃奶咧。"同时他看到了他伯伯穿那双鞋也似乎十分相合，就说："伯伯，你也有喜酒吃。"

两个人于是大声的笑着。

那老人在旁边听到这两个客人的调笑也笑着，但这两双鞋子却属于他在冬天刚死去的一个儿子所有的。那时正似乎因为两个商人谈到家庭儿女的事情，年青人看到老头子孤孤单单的在此住下，有点怀疑，生了好奇的心思了。

"老板，你一个人在这里吗？"

"我一个人。"说了又自言自语似的，"嗳，是一个人。"

"你儿子呢？"

这老头子这时节，正因为想到死去的儿子，有些地方很同面前的人相像，所以本来要说"儿子死了"，但忽然又说，"儿子做生意去了"。

那年长一点的商人，因为自己儿子在读书，就问老板，在前面过身的小村子里，一个学塾，是"洋学堂"还是"老先生"？

这事老板是不明白的，所以不作答，就走过水缸边去取瓢，因为他看到锅中的米汤涨腾溢出，应当榨取米汁了。

两个商人跛了鞋子，到门边凳子上坐下，望到门外黄昏的景致。望到天，望到山，望到对过路旁一些小小菜圃，（油菜花开得黄澄澄的，好像散碎金子。）望到踏得稀烂的路，（晴过三天恐怕还不会干。）一切调子在这两个人心中，引起的情绪，皆没有同另外任何时节不同，而觉得稍稍惊讶。到后倒是望到路边屋檐下堆积的红薯藤，整整齐齐的堆了许多，才诧异老板的精力，以为在这方面一个生意人比一个农人不如了。他们于是说，一个商人不如一个农人好，一个商人可是比一个农人高。因为一个商人到老来，生活较好时，总是坐在家里喝酒，穿了庞大的狐皮袄子，走路时摇摇摆摆，气派如一个大官。但乡下人就完全不同了。两叔侄因为望到这干藤，到此地一钱不值，还估计这东西到城里能卖多少钱。可是这时节，黄昏景致更美丽了，晚晴正如人病后新愈，柔和而十分脆弱，仿佛在笑着，仿佛有种忧愁，沉默无言。

这时老板在屋里，本来想走出去，望到那两个客人用手指点对面菜畦，以为正指到那个土堆，就不出去了。那土堆下面，就埋得有他的儿子，是在这人死过一天后，老年人背了那个尸身，埋在自己所挖掘成就的阱里，再为他加上土做成小坟的。

慢慢的夜就来了。

屋子里已黑暗得望不分明物件，在门外边的两个商人，回头望到灶边一团火光，老板却在灶边不动。年青人就喊他点灯，这老人才站起来，从灶边取了一根一端已经烧着的枝子，在空中划着，借到这个光去找取屋角的油瓶，因为这人近来一到夜时就睡觉，不用灯火也有好几个月了。找着了贮桐油的小瓶，把油倒在灯盏里去后，他就把这个烧好的灯，放到灶头上预备炒菜。

吃过晚饭后，这老人就在锅里洗碗，两个商人坐在灶口前，用干松枝塞到灶肚里去，望到那些松枝着火时，訇然一轰的情形，以为快乐的事。

到后，洗完了碗，只一会儿，老头子就说，应当去看看睡处，若客人不睡，他想先睡。

把住处看好了，两个商人仍然坐到灶边，称赞这个老年人的干净，以为想不到床铺比别处大店里还好。

老人说是要睡，已走到他自己那个用木头隔开的一间房里睡去了，不过一会儿，这人却又走出来，说是不想就睡，傍到两个商人一同在灶边坐下了。

几个人谈起话来，他们问他有六十几，他说应当再加十岁去猜。他们又问他住到这里有了多久，他说，并不久，只二十多年。他们问他还有多少亲戚，在些什么地方，他就像为骗哄自己原因的样子，把一些已经毫无消息了的亲戚，一一的数着，且告诉他们，这些人在什么地方，做些什么事。他们问他那个在别处做生意的儿子，什么时候来看他一次，他打量了一下，就说冬天过年来过一次，还送了他多少东西。

说了许多他自己都不明白的话，自己为什么有那么多话可说，使他自己也觉得今天有点奇怪。平常他就从没有想到那些亲戚熟人，也从不想到同谁去谈这些事，但今天很显然的，是不必谈到的也谈到，而且谎话也说得很多了。到后，商人中那个年长的，提议要睡了，这侄儿却以为时间太早了一点，所以他还不消化，要再缓一点。因此年长商人睡后，年青商人还坐到那条板凳上，又同老头子谈了许久。

到末了，这年青商人也睡去了，老头子一面答应着明天早早的喊叫客人，一面还是坐在灶边，望到灶口，不即起身。

第二天天明以后，他们起来时，屋子还黑黑的，到灶边去找火媒燃灯，希奇得很，怎么老板还坐在那凳上，什么话也不说。开了大门再看看，才知道原来这人死了。

…………

这两个商人自然到后又上路了。他们已经跑到邻近小村子里，把这件事告给了别人，且在住宿应把的数目以外，加了一点钱。那么老了一个人，自然也很应当死掉了，如今恰恰在这一天死去，幸好有个人知道，不然死后到全身爬得是蛆时，还恐怕才会被人发现。乡下人那么打算着，这两个商人，自然就不会再有什么理由被人留难了。在路上，他们又还有路上的其他新事情，使他们很自然的也就忘掉那件事了。

他们在路上，在雨后崩坍的土坎旁，新新的翻起的土上，印有巨大的山猫的脚迹，知道白天这样是人走的路，晚上却是别的东西走的路，望了一会儿，估计了一下那脚迹的大小，过身了。

在什么树林子里，一个希奇的东西，悬到迎面的大树枝桠上，这用绳索兜好的人头，为长久雨水所淋，失去一个人头原来的式样，有时非常像一个女人的头。但任何人看看因为同时想起这人就是先一时在此地抢劫商人的强盗，所以各存戒心默默的又走开了。

路旁有时躺得有死人，商人模样或军人模样，为什么原因，在什么时候死到这里，无人敢去过问，也无人敢去掩埋。

在这官路上，有时还可碰到二十三十的兵士，或者什么县警备队，穿了不很整齐的军服，各把长矛子同快枪扛到肩膊上，押解了一些满脸菜色受伤了的人走着。同时还有一眼看来尚未成年的小孩子，用稻草扎成小兜，担着四个或两个血淋的人头，若商人懂得这规矩，不必去看那人头，也就可以知道那些头颅就是小孩的父兄，或者是这些俘虏的伙伴。有时这些奏凯而还的武士，还牵得有极肥的耕牛，挑得有别的杂用东西。这些兵士从什么地方来，到什么地方去，奉谁的命令，杀了那么多人，从什么聪明人领教，学得把人家父兄的头割下后，却留下一个活的来服务？这是谁也不明白的。

商人在路上所见的虽多，他们却只应当记下一件事，是到地时怎么样多赚点钱，因为这个理由，所以他们同税局的稽查验票人，在某一种利益相通的事情上，好像就有一种希奇的友谊必须成立，如何成立这友谊，一个商人常常在路上也很费思索的。

黔小景

看虹录

本篇发表于1943年7月15日《新文学》第1卷第1期。署名上官碧。据《新文学》文本编入。

一个人二十四点钟内生命的一种形式

第一节

晚上十一点钟。

半点钟前我从另外一个地方归来，在离家不多远处，经过一个老式牌楼，见月光清莹，十分感动，因此在牌楼下站了那么一忽儿。那里大白天是个热闹菜市，夜中显得空阔而静寂。空阔似乎扩张了我的感情，寂静却把压缩在一堆时间中那个无形无质的"感情"变成为一种有分量的东西。忽闻嗅到梅花清香，引我向"空虚"凝眸。慢慢的走向那个"空虚"，于是我便进到了一个小小的庭院，一间素朴的房子中，傍近一个火炉旁。在那个素朴小小房子中，正散溢梅花芳馥。像是一个年夜，远近有各种火炮声在寒气中爆响。在绝对单独中，我开始阅读一本奇书。我谨谨慎慎翻开那本书的第一页，有个题词，写得明明白白：

神在我们生命里

第二节

　　炉火始炽，房中温暖如春天，使人想脱去一件较厚衣服，换上另外一件较薄的。橘红色灯罩下的灯光，把小房中的墙壁、地毯和一些触目可见的事事物物，全镀上一种与世隔绝的颜色，酿满一种与世隔绝的空气。

　　近窗边朱红漆条桌上，一个秋叶形建瓷碟子里，放了个小小的黄色柠檬，因此空气中还有些柠檬辛香。

　　窗帘已下垂，浅棕色的窗帘上绘有粉彩花马，仿佛奔跃于房中人眼下。客人来到这个地方，已完全陷入于一种离奇的孤寂境界。不过只那么一会儿，这境界即从客人心上消失了。原来主人不知何时轻轻悄悄走入房中，火炉对面大镜中，现出一个人影子。白脸长眉，微笑中带来了些春天的嘘息。发鬓边蓬蓬松松，几朵小蓝花聚成一小簇，贴在有式样的白耳后，俨若向人招手，"瞧，这个地位多得体，多美妙！"

　　手指长而柔，插入发际时，那张微笑的脸便略微倾侧，起始破坏了客人印象另一个寂静。

　　"真对不起，害你等得多闷损！"

　　"不。我一点不。房中很暖和，很静，对于我，真正是一种享受！"

　　微笑的脸消失了。火炉边椅子经轻轻的移动，在银红缎子坐垫上睡着的一只白鼻白爪小黑猫儿，不能再享受炉边的温暖，跳下了地，伸个懒腰,表示被驱逐的不合理,难同意,慢慢的走开了。

案桌上小方钟达达响着,短针尖在八字上。晚上八点钟。

客人继续游目四瞩,重新看到窗帘上那个装饰用的一群小花马,用各种姿势驰骋。

"你这房里真暖和,简直是一个小温室。"

"你觉得热吗?衣穿得太厚。我打开一会儿窗子。"

客人本意只是赞美房中温暖舒适,并未嫌太热,这时节见推开窗子,不好意思作声。

窗外正飘降轻雪。窗开后,一片寒气和沙沙声从窗口通入。窗子重新关上了。

"我也觉得热起来了。换件衣服去。"

主人离开房中一会儿。

重新看那个窗帘上的花马。仿佛这些东西在奔跃,因为重新在单独中。梅花很香。

主人换了件绿罗夹衫,显得瘦了点。

"穿得太薄了,不怕冷吗?招凉可麻烦。药总是苦的,纵加上些糖,甜得不自然。"

"不冷的!这衣够厚了。还是七年前缝好,秋天从箱底里翻出,以为穿不得,想送给人。想想看,送谁?自己试穿穿看吧,末后还是送给了自己。"侧面向炉取暖,一双小小手伸出作向火姿势,风度异常优美。还来不及称赞,手已缩回翻翻衣角,"这个夹衣,还是我自己缝的!我欢喜这种软条子罗,重重的,有个分量。"

"是的,这个对于你特别相宜。材料分量重,和身体活泼轻盈对比,恰到好处。"要说的完全都溶解在一个微笑里了。主人明白,只报以微笑。

衣角向上翻转时，纤弱的双腿，被鼠灰色薄薄丝袜子裹着，如一棵美丽的小白杨树，如一对光光的球杖，——不，恰如一双理想的腿。这是一条路，由此导人想象走近天堂。天堂中景象素朴而离奇，一片青草，芊绵绿芜，寂静无声。

什么话也不说，于是用目光轻轻抚着那个微凸的踝骨，敛小的足胫，半圆的膝盖，……一切都生长得恰到好处，看来令人异常舒服，而又稍稍纷乱。

仿佛已感觉到这种目光和遐想行旅的轻微亵渎，因此一面便把衣角放下，紧紧的裹着膝部，轻的呼了一口气。"你瞧我袜子好不好？颜色不大好，材料好。"瘦的手在衣下摸着那袜子，似乎还接着说，"材料好，裹在脚上，脚也好看多了，是不是？"

"天气一热，你们就省事多了。"意思倒是"热天你不穿袜子，更好看。"

衣角复扬起一些："天热真省事。"意思却在回答，"大家都说我脚好看，哪里有什么好看。"

"天热小姐们鞋子也简单。"（脚踵脚趾通好看。）

"年年换样子，费钱！"（你欢喜吗？）

"任何国家一年把钱用到顶愚蠢各种事情上去，总是万万千千的花。年青女孩子一年换两种皮鞋样子，费得了多少事！"（只要好看，怕什么费钱？一个皮鞋工厂的技师，对于人类幸福的贡献，并不比一个□□[1]厂的技师不如！）

[1] 文中"□"表示原书或原稿中无法辨认的字。

"这个问题太深了，不是我能说话的。我倒像个野孩子，一到海边，就只想脚踢沙子玩。"（我不怕人看，不怕人吻，可是得看地方来。）

"今年新式浴衣肯定又和去年不同。"（你裸体比别的女人更好看。）

这种无声音的言语，彼此之间都似乎能够从所说及的话领会得出，意思毫无错误。到这时节，主人笑笑，沉默了。一个聪明的女人的羞怯，照例是贞节与情欲的混合。微笑与沉默，便包含了奖励和趋避的两种成分。

主人轻轻的将脚尖举举。（你有多少傻想头，我全知道！可是傻得并不十分讨人厌。）

脚又稍稍向里移，如已被吻过后有所逃避。（够了，为什么老是这么傻。）

"你想不出你走路时美到什么程度。不拘在什么地方，都代表快乐和健康。"可是客人开口说的却是"你喜欢爬山，还是在海滩边散步？"

"我当然欢喜海，它可以解放我，也可以满足你。"主人说的只是"海边好玩得多。潮水退后沙上湿湿的，冷冷的，光着脚走去，无拘无束，极有意思。"

"我喜欢在沙子里发现那些美丽的蚌壳，美丽真是一种古怪东西。"（因为美，令人崇拜，见之低头。发现美接近美不仅仅使人愉快，并且使人严肃，因为俨然与神对面！）

"对于你，这世界有多少古怪东西！"（你说笑话，你崇拜，低头，不过是想起罢了。你并不当真会为我低头的。你就是个古怪东西，想想许多不端重的事，却从不做过一件失礼貌的事，很会保护你自己。)

"是的，我看到的都是别人疏忽了的，知道的好像都不是'真'的，居多且不同别人一样的。这可说是一种'悲剧'。"（譬如说，你需要我那么有礼貌的接待你吗？就我知道的说来，你是奖励我做一点别的事情的。）

"近来写了多少诗？"（语气中稍微有点嘲讽，你成天写诗，热情消失在文字里去了，所以活下来就完全同一个正经绅士一样的过日子。）

"我在写小说。情感荒唐而夸饰，文字艳佚而不庄。写一个荒唐而又浪漫的故事，独自在大雪中猎鹿，简直是奇迹，居然就捉住了一只鹿。正好像一篇童话，因为只有小孩子相信这是可能的一件真实事情，且将超越真实和虚饰这类名词，去欣赏故事中所提及的一切，分享那个故事中人物的悲欢心境。"（你看它就会明白。你生命并不缺少童话一般荒唐美丽的爱好，以及去接受生活中这种变故的准备。你无妨看看，不过也得小心！）

主人好像完全理解客人那个意思，因此带着微笑说："你故事写成了，是不是？让我看看好。让我从你故事上测验一下我的童心。我自己还不知道是否尚有童心！"

客人说："是的，我也想用你对于这个作品的态度和感想，测验一下我对于人性的理解能力。平时我对于这种能力总觉得怀疑，可是许多人却称赞我这一点，我还缺少自信。"

主人因此低下头，（一朵百合花的低垂。）来阅读那个"荒唐"故事。在起始阅读前，似乎还担心客人的沉闷，所以间不久又抬起头瞥客人一眼。眼中有春天的风和夏天的云，也好受，也好看。客人于是说：“不要看我，看那个故事吧。不许无理由生气着恼。”

"我看你写的故事，要慢慢的看。"

"是的，这是一个故事，要慢慢的看，才看得懂。"

"你意思是说，因为故事写得太深——还是我为人太笨？"

"都不是。我意思是文字写得太晦，和一般习惯不大相合。你知道，大凡一种和习惯不大相合的思想行为，有时还被人看成十分危险，会出乱子的！"

"好，我试一试看，能不能从这个作品发现一点什么。"

于是主人静静的把那个故事看下去。客人也静静的看下去——看那个窗帘上的花马。马似乎奔跃于广漠无际一片青芜中消失了。

客人觉得需要那么一种对话，来填补时间上的空虚。

……太美丽了。一个长得美丽的人，照例不大想得到由于这点美观，引起人多少惆怅，也给人多少快乐！

……真的吗。你在说笑话罢了。你那么呆呆的看着我脚，是什么意思？你表面老实，心中放肆。我知道你另外一时，曾经用目光吻过我的一身，但是你说的却是"马画得很有趣味，好像要各处跑去"。跑去的是你的心！如今又正在作这种行旅的温习。说起这事时我为你有点羞惭，然而我并不怕什么。我早知道你不会做出什么真正吓人的行为。你能够做的就只是这种漫游，仿佛第一个旅行家进到了另外一个种族宗教大庙里，无目的的游览，因此而彼，带着一点惶恐敬惧之忱，因为你同时还有犯罪不净感在心上占绝大势力。

……是的，你猜想的毫无错误。我要吻你的脚趾和脚掌，膝和腿，以及你那个说来害羞的地方。我要停顿在你一身这里或那里。你应当懂得我的期望，如何诚实，如何不自私。

"……我什么都懂,只不懂你为什么只那么想,不那么作。"

房中只两人,院外寂静,惟闻微雪飘窗。间或有松树上积雪下堕,声音也很轻。客人仿佛听到彼此的话语,其实听到的只是自己的心跳。

炉火已渐炽。

主人一面阅读故事,一面把脚尖微触地板,好像在指示客人:"请从这里开始。我不怕你。你不管如何胡闹也不怕你。我知道你要做些什么事,有多少傻处,慌慌张张处。"

主人发柔而黑,颈白如削玉刻脂,眉眼妩媚迎人,颊边带有一小小圆涡,胸部微凸,衣也许稍微厚了一点。

目光吻着发间,发光如鬓,柔如丝绸。吻着白额,秀眼微闭。吻着颊,一种不知名的芳香中人欲醉。吻着颈部,似乎吸取了一个小小红印。吻着胸脯,左边右边,衣的确稍厚了一点。因此说道:

"□□,你那么近着炉子,不热吗?"

"我不怕热,我怕怜!"说着头也不抬,咕咕的笑起来。"我是个猫儿,一只好看不喜动的暹罗猫,一到火炉边就不大想走动。平日一个人常整天坐在这里,什么也不想,也不做。"说时又咕咕的笑着。

"文章看到什么地方?"

"我看到那只鹿站在那个风雪所不及的孤独高岩上,眼睛光光的望着另一方,自以为十分安全,想不到那个打猎的人,已经慢慢地向它走去。那猎人满以为伸一手就可捉住它那只瘦瘦的后脚,他还闭了一只眼睛去欣赏那鹿脚上的茸毛,正像十分从容。你描写得简直可笑,想象不真。美丽,可不真实。"

"请你看下去!看完后再批评。"

看下去,笑容逐渐收敛了。他知道她已看到另一个篇章。描写那母鹿身体另外一部分时,那温柔兽物如何近于一个人。那母鹿因新的爱情从目光中流出的温柔,更写得如何生动而富有人性。

她把那几页文章搁到膝盖上,轻轻吁了一口气。好像脚上的一只袜子已被客人用文字解去,白足如霜。好像听到客人低声的说:"你不以为亵渎,我喜欢看它,你不生气,我还将用嘴唇去吻它。我还要沿那个白杨路行去,到我应当到的地方歇憩。我要到那个有荫蔽处,转弯抹角处,小小井泉边,茂草芊绵,适宜白羊放牧处。总之,我将一切照那个猎人行径作去,虽然有点傻,有点痴,我还是要作去。"

她感觉地位不大妥当,赶忙把脚并拢一点,衣角拉下一点。不敢再把那个故事看下去,因此装着怕冷,伸手向火。但在非意识情形中,却拉开了火炉门,投了三块煤,用那个白铜火钳搅了一下炉中炽燃的炭火。"火是应当充分燃烧的!我就喜欢热。"

"看完了?"

摇摇头。头随即低下了,相互之间都觉得有点生疏而新的情感,起始混入生命中,使得人有些微恐怖。

第二回摇摇头时,用意已与第一回完全不同。不在把"否认"和"承认"相混,却表示唯恐窗外有人。事实上窗外别无所有,惟轻雪降落而已。

客人走近窗边,把窗帘拉开一小角,拂去了窗上的蒙雾,向外张望,但见一片皓白,单纯素净。窗帘垂下时,"一片白,把一切都遮盖了,消失了。象征……上帝!"

房中炉火旁其时也就同样有一片白,单纯而素净,象征道德的极致。

"说你的故事好。且说说你真的怎么捉那只鹿吧。"

"好,我们好好烤火。来说那个故事……我当时傍近了它,天知道我的心是个什么情形。我手指抚摸到它那脚上光滑的皮毛,我想,我是用手捉住了一只活生生的鹿,还是用生命中最纤细的神经捉住了一个美的印象?亟想知道,可决不许我知道。我想起古人形容女人手美如荑荑,如春葱,如玉笋,形容寒俭或富贵,总之可笑。不见过鹿莹莹如湿的眼光中所表示的母性温柔的人,一定希奇我为什么吻那个生物眼睛那么久,更觉得荒唐,自然是我用嘴去轻轻的接触那个美丽生物的四肢,且顺着背脊一直吻到它那微瘦而圆的尾边。我在那个地方发现一些微妙之漩涡,仿佛诗人说的藏吻的窝巢。它的颊上,脸颊上,都被覆上纤细的毫毛。它的颈那么有式样,它的腰那么小,都是我从前梦想不到的。尤其梦想不到,是它哺小鹿的那一对奶子,那么柔软,那么美。那鹿在我身边竟丝毫无逃脱意思,它不惊,不惧。似乎完全知道我对于它的善意,一句话不必说就知道。倒是我反而有点惶恐不安,有点不知如何是好。我望着它的眼睛:我们怎么办?我要从它温柔目光中取得回答,好像听到它说:"这一切由你。""不,不,一点不是。它一定想逃脱,远远的走去,因为自由,这是它应有的一点自由。"

"是的,它想逃走,可是并不走去。因为一离开那个洞穴,全是一片雪,天气真冷。而且……逃脱与危险感觉大有关系,目前有什么危险可言?……"

"你怎么知道它不想逃脱,如果这只鹿是聪明的,它一定要走去。"

"是的,它那么想过了。其所以那么想,就为的是它自以为这才像聪明,才像一只聪明的鹿应有的打算。可是我若像它那么作,那我就是傻子了，我觉得我说的话它不大懂，就用手和嘴唇去作补充解释，抚慰它，安静它。凡是我能做到的我都去做。到后，我摸摸它的心，就知道我们已熟习了，这自然是一种奇迹，因为我起始听到它轻轻的叹息——一只鹿，为了理解爱而叹息，你不相信吗？"

"不会有的事！"

"是的，要照你那么说话，决不会有。因为那是一只鹿！至于一个人呢，比如说——唉，上帝，不说好了。我话已经说得太多了！"

相互沉默了一会儿。

"不热吗？我知道你衣还穿得太多。"客人问时随即为作了些事。也想起了些事，什么都近于抽象。

不是诗人说的就是疯子说的。

"诗和火同样使生命会燃烧起来的。燃烧后，便将只剩下一个蓝焰的影子，一堆灰。"

二十分钟后客人低声的询问："觉得冷吗？披上你那个……"并从一堆丝质物中，把那个细鼠灰披肩放到肩上去，"窗帘上那个图案古怪，我总觉得它在动。"事实上，他已觉得窗帘上花马完全沉静了。

主人一面搅动炉火，一面轻轻的说："我想起那只鹿，先前一时怎么不逃走？真是命运。"说的话有点近于解嘲，因为事情已经成为过去了。

沉默继续占领这个有橘红色灯光和熊熊炉火的房间。

第二天，主人独自坐在那个火炉边读一个信。

□□：我好像还是在做梦，身心都虚飘飘的。还依然吻到你的眼睛和你的心。在那个梦境里，你是一切，而我却有了你,展露在我面前的,不是一个单纯的肉体,竟是一片光辉,一把花,一朵云。一切文字在此都失去了他的性能,因为诗歌本来只能作为次一等生命青春的装饰。白色本身即是一种最高的道德,你已经超乎这个道德名辞以上。

所罗门王雅歌说:"我的妹子,我的鸽子,你脐圆如杯,永远不缺少调和的酒。"我第一次沾唇,并不担心醉倒。

葡萄园的果子成熟时,饱满而壮实,正象征生命待赠与,待扩张。不采摘它也会慢慢枯萎。

我欢喜精美的瓷器,温润而莹洁。我昨天所见到的,实强过我二十年来所见名瓷万千。

我喜欢看那幅元人素景,小阜平冈间有秀草丛生,作三角形,整齐而细柔,萦回迂徐,如云如丝,为我一生所仅见风景幽秀地方。我乐意终此一生,在这个处所隐居。

我仿佛还见过一个雕刻,材料非铜非玉,但觉珍贵华丽,希有少见。那雕刻品腿瘦而长,小腹微凸,随即下敛,一把极合理想之线,从两股接榫处展开,直到脚踝。式样完整处,如一古代希腊精美艺术的仿制品。艺术品应有雕刻家的生命与尊贵情感,在我面前那一个仿制物,倚据可看到神的意志与庄严的情感。

这艺术品的形色神奇处,也令人不敢相信。某一部分微带一片青渍,某一部分有两粒小小黑痣,某一部分并有若干美妙之漩涡,仿佛可从这些地方见出上帝手艺之巧。这些漩涡隐现于手足关节间,和脸颊颈肩与腰以下,真如诗人所谓"藏热吻的小杯"。在这些地方，不特使人只想用嘴唇轻轻的去接触，还幻想把自己整个生命都收藏到里边去。

百合花颈弱而秀，你的颈肩和它十分相似。长颈托着那个美丽头颅微向后仰。灯光照到那个白白的额部时，正如一朵百合花欲开未开。我手指发抖，不敢攀折，为的是我从这个花中见到了神。微笑时你是开放的百合花，有生命在活跃流动。你沉默，在沉默中更见出高贵。你长眉微蹙，无所自主时，在轻颦薄媚中所增加的鲜艳，恰恰如浅碧色百合花带上一个小小黄蕊，一片小墨斑。……这一切又只像是一个抽象。

第三节

这个记录看到后来，我眼睛眩瞀了。这本书成为一片蓝色火焰，在空虚中消失了。我不知什么时候离开了那个"房间"，重新站到这个老式牌楼下。保留在我生命中，似乎就只是那么一片蓝焰。保留到另外一个什么地方，应当是小小的一撮灰。一朵枯干的梅花，在想象的时间下失去了色和香的生命残余。我只记得那本书上第一句话：神在我们生命里。

我已经回到了住处。

晚上十一点半，菜油灯一片黄光铺在黑色台面上，散在小小的房间中。试游目四瞩，这里那里只是书，两千年前人写的，一万里外人写的，自己写的，不相识同时人写的；一个灰色小耗子在书堆旁灯光所不及处走来走去。那分从容处，正表示它也是个生物，可是和这些生命堆积，却全不相干。使我想起许多读书人，十年二十年在书旁走过，或坐在一个教堂边读书讲书情形。我不禁自言自语的说："唉，上帝，我活下来还应当读多少书，写多少书？"

我需要稍稍休息，不知怎么样一来就可得到休息。

我似乎很累，然而却依然活在一种有继续性的荒唐境界里。

灯头上结了一朵小花，在火焰中开放的花朵。我心想："到火熄时，这花才会谢落，正是一种生命的象征。"我的心也似乎如焚如烧，不知道的是什么事情。

梅花香味虽已失去，尚想从这种香味所现出的境界搜寻一下，希望发现一点什么，好像这一切既然存在，我也值得好好存在。于是在一个"过去"影子里，我发现了一片黄和一点干枯焦黑的东西，它代表的是他人"生命"另一种形式，或者不过只是自己另一种"梦"的形式，都无关系。我静静的从这些干枯焦黑的残余，向虚空深处看，便见到另一个人在悦乐中疯狂中的种种行为。也依稀看到自己的影子，如何反映在他人悦乐疯狂中，和爱憎取予之际的徘徊游移中。

仿佛有一线阳光印在墙壁上。仿佛有青春的心在跳跃。仿佛一切都重新得到了位置和意义。

我推测另外必然还有一本书，记载的是在微阳凉秋间，一个女人对于自己美丽精致的肉体，乌黑柔软的毛发，薄薄嘴唇上一点红，白白丰颊间一缕香，配上手足颈肩素净与明润，还有那一种从莹然如泪的目光中流出的温柔歌呼。肢体如融时爱与怨无可奈何的对立，感到眩目的惊奇。唉，多美好神奇的生命，都消失在阳光中，遗忘在时间后！一切不见了，消失了，试去追寻时，剩余的同样是一点干枯焦黑东西，这是从自己鬓发间取下的一朵花，还是从路旁拾来的一点纸？说不清楚。

试来追究"生命"意义时，我重新看到一堆名词，情欲和爱，怨和恨，取和予，上帝和魔鬼，人和人，凑巧和相左。过半点钟后，一切名词又都失了它的位置和意义。

到天明前五点钟左右，我已把一切"过去"和"当前"的经验与抽象，都完全打散，再无从追究分析它的存在意义了，我从不用自己对于生命所理解的方式，凝结成为语言与形象，创造一个生命和灵魂新的范本，我脑子在旋转，为保留在印象中的造形，物质和精神两方面的完整造形，重新疯狂起来。到末了，"我"便消失在"故事"里了。在桌上稿本内，已写成了五千字。我知道这小东西寄到另外一处去，别人便把它当成"小说"，从故事中推究真伪。对于我呢，生命的残余，梦的残余而已。

我面对着这个记载，热爱那个"抽象"，向虚空凝眸来耗费这个时间。一种极端困惑的固执，以及这种固执的延长，算是我体会到"生存"唯一事情，此外一切"知识"与"事实"，都无助于当前，我完全活在一种观念中，并非活在实际世界中。我似乎在用抽象虐待自己肉体和灵魂，虽痛苦同时也是享受。时间便从生命中流过去了，什么都不留下而过去了。

试轻轻拉开房门时，天已大明，一片过去熟习的清晨阳光，随即进到了房里，斜斜的照射在旧墙上。书架前几个缅式金漆盒子，在微阳光影中，反映出一种神奇光彩。一切都似乎极新。但想起"日光之下无新事"，真是又愁又喜。我等待那个"夜"所能带来的一切。梅花的香,和在这种淡淡香气中给我的一份离奇教育。

居然又到了晚上十点钟。月光清莹,楼廊间满是月光。因此把门打开,放月光进到房中来。

似乎有个人随同月光轻轻的进到房中,站在我身后边:"为什么这样自苦?究竟算什么?"

我勉强笑,眼睛湿了,并不回过头去:"我在写青凤,《聊斋》上那个青凤,要她在我笔下复活。"

从一个轻轻的叹息声中,我才觉得已过二十四点钟,还不曾吃过一杯水。

三十年七月作
三十二年三月重写

春

本篇发表于 1932 年 7 月 1 日《现代》第 1 卷第 3 期。署名沈从文。这是作者以《春》为篇名的作品之一。

医科三年级学生樊陆士。身体颀长俊美，体面得像一株小银杏树。这时正跟了一个极美丽的女人，从客厅里走出。他今天是来告他的朋友一件事情的。亲爱的读者，在这种春天里，两个年青人要说点什么话时，应当让他们从客厅里出来，过花园中去，在那些空旷一点的天空下，僻静一点的花树下，不是更相宜一点吗？他们正预备过花园里去。

可是这两个人一到了廊下，一个百灵雀的歌声，把两个年青人拉着了。

医学生站在那个铜丝笼边很惊讶的望到那个百灵的喉咙同小嘴，一串碎玉就从那个源泉里流出。好像有一种惑疑，得追问清楚的样子，"谁是你的师傅，教你那么快乐的唱？"

女人见到这情形就笑了。"它整天都这样子，好像很快乐。"说时就伸出一只白白的手到笼边去，故意吓了那雀儿一下。可是那东西只稍稍跳过去了一点，仍然若无其事的叫着。

医学生对百灵说："你瞧你那种神气，以为我不明白。我一切都明白。我明白你为什么这样高兴！"他意思是说因为你有那么一个标致主人。

女人就笑着说:"它倒真像明白谁对它有友谊!它不怕我,也不怕我家里那只白猫。"为了证明这件事,女人重新用手去摇动那笼子,聪明的鸟儿,便偏了头望着女人,好像在说着,"我不怕的。你惹我,我不怕的。"等到女人手一离开笼子,就重新很快乐的叫起来了。

医学生望到这情形也笑了。"狡猾东西,你认得你的主人!可是我警告你!我是一个医生,我算定你这样放肆唱下去,终有一天会倒了嗓子,明天就会招凉,后天就会咳嗽……"

那百灵,似乎当真懂得到人类的言语,明白了站在它跟前的人,是一个应当尊敬的医生,一听医生说及害病吃药那一类话,也稍稍生了点疑心,不能再那么高兴叫下去了。于是把一个小小的头,略略偏着,很聪明很虚心,望定医学生,好像想问:"那么,大夫,你觉得怎么样?"谁能够知道,这医学生如何就会明白这个虚心的质问?可是医学生明明白白的却说:"听我的话,规矩一点,节制一点。我以为你每天少叫一点,对于你十分有益。你穿得似乎也太厚了一点,春天来了怎么还不换毛?"

女人笑着轻轻的说:"够了,够了,你瞧它又在望着你,它还会问你:大夫,我每早上应当吃点什么,晚上又是不是要洗一次脚?"

"那么,我说:吃东西不妨事,欢喜吃的就吃。只是生活上节制一点,行为上庄重一点,语言上谨慎一点。……"

百灵很希奇的看着这两个人,讨论到它的种种,到了这时候,对于医学生的教训好像不相信,忽然又叫起来了。医学生一只手被女人拖着,向斜坡下走去,一面还说:"不相信我的话,到头痛时我们再看吧,我要你知道医生的话,可是不能不相信的!"

两人一路笑着，走下那个斜坡，就到了花园。天气已经将近四月了，一堆接连而来的晴天，中间隔着几次小雨，把园中各样树木皆重新装扮过了。各样花草都仿佛正努力从地下拔起，在温暖日头下，守着本分，静静的立着，尽那只谁也看不见的手来铺排，按照秩序发叶开花，开过了花还有责任的，且各在叶底花蒂处，缀着小小的一粒果子。这时傍近那一列长长的围墙，成排栽植的碧桃花，同火焰那么热闹的开放。还有连翘，黄得同金子一样。木笔各把花尖向上蠢着。沿了一片草地，两行枝干儿瘦瘦的海棠，银白色的枝子上，缀满了小小的花苞，娇怯怯的好像在那里等候着天的盼咐，颜色似乎是从无数女孩子的脸上嘴上割下的颜色。天空的白云，在微风中缓缓的移动，推着，挤着，搬出的空处，显得深蓝如海，却从无一种海会那么深又那么平。把云挪移的小风，同时还轻轻的摇动到一切较高较柔弱的树枝。这风吹拂人身上时，便使人感到一种清快，一份微倦，一点惆怅；仿佛是一只祖母的手，或母亲的手，温柔的摩着脸庞，抚着头发，拉着衣角。还温柔的送来各样花朵的香味，草木叶子的香味，以及新鲜泥土的香味。

女人走在前面一点，医学生正等着那个说话的机会，这机会还不曾来。望到那个象征春天的柔软的背影，以及白白的颈脖，白白的手臂，一面走着，一面心里就想起一些事情。女人在前面说："看看我这海棠，那么怯怯的，你既然同我百灵谈了许多话，就同海棠也来说说吧。"女人是那么爱说话而又会说话的。

医学生稍前一点："海棠假若会说话，这时也不敢说话了。"

"这是说，它在你医生面前害羞，还是……？"

医学生稍迟疑了一时，就说："照我想来，倒大致是不好如何来赞美它的主人，因为主人是那么美丽！……"

"得了。"女人用一个记号止着了医学生的言语，走了两步，一只黑色的燕子，从头上掠过去，一个过去的影子，从心头上掠过去，就说："你不是说预备在做一首诗吗，今天你的诗怎么不拿来。"

"我的诗在这里的。"

"把我看看，或念给我听听。我猜想你在诗上的成功，不比你在细菌学上的研究成绩坏。"

"诗在我的眼睛里，念给你听吧，天上的云，地下……"

"得了，原来还是那么一套。我替你读了吧。天上的云，地下的神……，我不必在你眼睛里去搜寻那一首诗。我真想问你，到什么时候，你才能同我在说话当儿，放诚实一点，把谄谀分量用得稍轻一点？你不觉得谄谀同毒药一样，用得过分时，使人活受罪？你不觉得你所说的话，不是全都不什么恰当吗？"

女人一面说着一面就笑着，望了医学生一眼，好像在继续一句无言语的言语："朋友，你的坏处我完全知道的。"

医学生分辩的说："我明白的。你本来是用不着谀美的人，譬如说，天上的虹，用得着什么称赞？虹原本同雨和日头在一块儿存在，有什么方法形容得恰当？"

"得了，你瞧瞧，天上这时不落雨，没有虹的。"

"不错啦，虹还得雨同日头，才会存在。"

"幸亏我还不是虹，不然日晒雨淋，将变成什么样怪物了！"

"你用不着雨和日头来烘托，也用不着花或别的来润色帮衬。"

"我想我似乎总得你许多空话，才能存在吧。"

"我不好意思说，一千年后我们还觉得什么公主很美，是不是原应感谢那些诗人?因为我不是一个有天才的诗人,这时说话也是很蠢笨。"

"用不着客气了,你的天才谁都得承认。学校教病理学的拉克博士,给过你的奖语。我那只百灵,听过你所说到的一切教训。至于我,那是更不消说了。"

"我感谢你给我去做诗人的勇气。"

"唉,假若做了诗人,在谈话时就不那么做作的俏皮,你要做诗人,尽管去做,我真没有反对的理由。"

两人这时节已走到海棠夹道的尽头了,前面是一个紫藤架子,转过去有个小土山,土山后有个小塘,一塘绿水绉动细细的波纹。一个有靠背的白色的长凳,搁在一株覆荫半亩的垂柳下面。

女人说:"将来的诗人,我们坐一坐吧。做诗的日子长着,这春天可很快的就要过去了。你瞧。这水多美!"女人说着,把医学生手拉过去,两人就并排的坐下了。

坐下以后,医学生把女人那只小小的白白的手,安置到自己的手掌里,亲热的握着。瞻顾头上移动的云影,似乎便同时眺望到一些很远的光景,为这未来的或过去的光景,灵魂轻轻的摇荡。

"我怎么说?我还是说还是不说?"过了一会儿,还不说话,女人开始注意到这个情形了。

女人说:"你在思量什么?若容许这园里主人说话,我想说:你千万别在此地做诗吧。你瞧,燕子。你瞧,水动得多美!你瞧,我吃这一朵花了。(吃花介)……怎么,不说话呀!这园子是我们玩的,爸爸的意思,也以为这园子那么宽,可以让我成天各处跑跑。如果你做诗做出病来了,我爸爸听到时,也一定不快乐的!"

医学生瞅着女人，温柔的笑着，把头摇摇："再说下去。"

"再说下去？我倒要听你说点话！你不必说，我就知道你要说的是：（装成男子声音）我在思索，天上的虹同人中的你，他们的区别在什么地方呀？"

医学生把那只手紧紧的捏了一下："再说下去。"

"等你自己说下去吧，我没有预备那么多的词藻！不过，你若有什么疑心，我倒可以告你：虹同我的区别，就只是一个怕雨，一个不怕雨。落了雨我可受不了。落了雨我那只百灵也很不高兴，不愿意叫了。你瞧，那燕子玩得多险，水面上滑过去，不怕掉到水里。燕子也怕雨！海棠不是也怕雨吗？……这样说起来，就只你同虹不怕雨，其他一切全怕雨……你说吧，你不是极欢喜雨吗？那么，想起来，将来称赞你时，倒应当说你美丽如虹了！说呀！……"

因为女人声音极美，且极快乐的那么乱说，同一只鸟儿一样，医学生觉得十分幸福，故一句话不敢说了。

女人望了一下医学生的眼睛，好像看到了一点秘密。"你们男子自己，也应当称赞自己一下才好，你原是那么完全！应有一个当差的侏儒，仿照××在他故事上提到的，这样那样，不怕麻烦的，把他装扮起来。还要这个人，成天跟随你身后各处走去。还要他称你做狮子，做老虎，——你够得上这种称呼！还要他在你面前，打筋斗唱歌，是不是？还要他各处为你去探听'公主'的消息，是不是？你自己也要打扮起来，做一个理想中的王子，是不是？你还得有一把宝刀，有……是不是？"

医学生如同在百灵笼旁一样，似乎不愿意让这个较大的百灵飞去，仍然紧紧扣着女人那只柔软体面的小手，仍然把头摇着，只说："再唱下去。"

"喝，你要我再唱下去？"女的一面把手缩回去，一面急促的说，"我可不是百灵！"

医学生才了然自己把话说错了，一面傍过去一点，一面说："你不用生气，我听你说话！你声音是那么不可形容的好听，我有一点醉，这是真的，我还正在想一件事情，事情很古怪。平常不见到你的时节，每一刻我的灵魂，都为那个留在我印象上的你悬在空中，我觉得我是一个幸福的人。如果幸福两个字，用在那上面是恰当的，那么到这个时节，我得用什么字来形容我的感觉？"

"我盼望你少谄谀我一点，留下一些，到另一个日子还有用处！"

医学生一时无话可说了，女人就接着说：

"那么，你就做诗呀！就说：天呀，地呀，我怎么来形容我这一种感觉！唉唉，我傍着一个天仙，……许多诗人不就是那么做诗，做了诗还印成小本子搁到书铺子里出卖！"

"我记起一本书上说的话了，他说：'我希望你给我唱一个较次一等的歌，我才能从所有言语里，找寻比较适当的言语。'你给我的幸福也是这样。因为缺少这种言语，我便哑了。"医学生似乎为了证明那时的口，已经当真不能再说话了，他把女人的手背覆在嘴上去，停留了约有一秒钟。他的行为是那么谨慎，致令女的不便即刻将手抽出。

女人移开手时，也许是天气太暖和，脸稍微红了一点，低下头笑了。"不许这样。我要生气的！"说了，似乎即刻忘掉这种冒犯的行为了，又继续着说前面一件事："不会哑的，不必担心。我同你说。若诚实同谄谀是可以用分量定下的，我疑心你每说一句话时，总常常故意把谄谀多放了一些。可是这不行，我看得清清楚楚！"

"我若能那么选择，现在我就会……可是，你既然觉得我言语里，混和得有诚实同诡谀，你分得出它的轻重，你要我怎么说，我怎么说吧。"

"那不是变八哥了吗？"

"八哥也行！假若此后在你面前的时节，我每说一句话，都全是你所欢喜的话，为什么我不变做八哥？"

"可是诚实话我有时也不那么欢喜听！因为诚实同时也会把人变成愚蠢的。我怕那种愚蠢。"

"在你的面前，实在说来，做一个愚蠢人，比做一个聪明人可容易一点。"

"可是说谎同装傻，我觉得装傻更使人难受。"

"那么，我这八哥仍然做不成了。"

"做故事上会说话的××吧。把我当成公主，把我想得更美一点，把我想得更完全一点，同时也莫忘记你自己是一个王子。你的相貌同身材原是很像样了的，只是这一件袍子不大相称。若袍子能变成一套……得了，就算作那样一套衣服吧。你就作为去见我，见了我如何感动，譬如说：胸中的心如何的跳动……尽管胡说八道！同我在一处坐下，又应当说如何幸福。……你朋友中不是有多少诗人吗？就说话吧，念诗吧，……你瞧。我在等着你！"

女人这时坐远了一点，装成贵妇人庄重神气，懒懒的望了一望天空，折了身边一朵黄花，很温柔的放到鼻子边嗅了一嗅，把声音压低了一点，故意模仿演戏的风度，自言自语的说道："笼中蓄养的鸟它飞不远，家中生长的人却不容易寻见。我若是有爱情交把女子的人，纵半夜三更也得敲她的门。"正说着，可是面前一对燕子轻快的滑过去，把这公主身分忘却了,只惊讶的低低喊着:"呀,你瞧,这东西真吓了我一跳!"

医学生只是憨憨的笑,把手拉着女人的手,不甚得体的样子,"你像一个公主啊!"这样说着,想把她手举起来,再吻一次,女人很快的可就摔开了。

女人说:"这是不行的,王子也应当有王子的本分!你站起来吧,我看你向我说谎的本领有多大!"

医学生还不作声,女人又唱:"天堂的门在一个蠢人面前开时,徘徊在门外这蠢人心实不甘:若歌声是启开这爱情的钥匙,他愿意立定在星光下唱歌一年。"女人把歌唱完了,就问:"我的王子,你干吗不跟到你那个写小说的好朋友,学学这种好听的歌?"

医学生觉得时候到了,于是站起来了,口唇微微的发抖,正预备开口,女人装作不知道的神气,把头掉过去。医学生不知如何,忽然反而走远了一点,站在那柳树下,低了一会头,把头又抬起来,才怯怯的望到女人,"我要说一句正经话!"

女人说:"我在这儿听你说正经话,但希望说的有趣味一点,文雅一点。你瞧,我这样子不是准备听你说正经话吗?"

"我不能再让你这样作弄我了,这是极不公平的!"医学生说后,想把这话认真处稍微去掉一些些,自己便勉强笑着。

女的说:"你得记住作一个王子,话应说得美一点,不能那么冒犯我!"

医学生仍然勉强笑着,口角微动,正要说下去,女人忽然注意到了,眉毛微微缩皱了一下:"你干吗?坐过来,还是不必装你的王子吧。来呀,坐下来听我说,我知道你不会装一个王子,所以也证明你称呼我做公主，那是一句不可靠的谎话！"

"天知道，我的心为你……"

医学生坐近女人身边，正想把话说完，一对黄色蝴蝶从凳前身边飞过去，女人看到了，就说："蝴蝶，蝴蝶，追它去，追它去！……"于是当真就站起身来追过去，蝴蝶上了小山，女人就又跟上山去。医学生正想跟上去，女人可又跑下来了。下来以后，女人又说："来，到那边去，我引你看我的竹子，长了多少小龙！"

不久，两人都在花园一角竹林边上了，女人数了许久笋子，总记不清楚那个数目，便自嘲似的笑说："爱情是说不清楚的，笋子是数不清楚的，……还是回那边去！"

医学生经过先一时一种变动，精神稍稍颓唐了一点，言语稍稍呆板了一点。女人明白那是为了什么原因，但装着不注意的神气，就提议仍然到小塘边去。到了那里，两人仍然坐在原来那张白色凳上，女人且仍然伸过手去，尽医学生捏着。两个人重新把话谈下去，慢慢的又活泼起来了。

女人说："我看你王子是装不像的，诗人也做不成的，还是不如两人来互相说点谎话吧。"

医学生说："你告我怎么样来说，我便怎么说。在你面前我实在……"

"得了。你就说，你一离开我时，怎么样全身发烧，头痛口渴，记忆力又如何坏，在上课时又如何闹笑话，梦里又如何如何，……我知道这是谎话。我欢喜听这种谎话！"

"说完了这点又如何接下去？"

"你不会说下去？"

"我会说下去的，你听我说吧。我就说：当到我一个人在医院，可真受不了！可是这种苦痛用什么言语什么声调才说得尽呢？……再说，当我记起第二个礼拜，我可以赶到这里来见你时，我活泼了。如果我房里那个小灯，它会说话，它会告给你，我是如何的可笑，把你那个照片，如何恭敬放在桌子上，并且还有那个……"

"得了，我全知道了。以后是你在梦中见我穿了白衣，同观音一样，你跪在泥土上，同我的衣角接吻，同我经过的地面接吻。……总是这一套！我恳求你！说一点别的吧。譬如说，你现在怎么样？可是不许感伤，话语不许发抖打结，我不欢喜那种认真的傻相。你放自然一点，我们都应当快快乐乐的来说！"

医学生点着头，女人又说："你说吧，你当假话说着，我当假话听着！全是假话！……"

两人当真就说了很多精巧美丽的假话，到后来医学生胆气粗了，就仍然当假话那么说下去。

"假若我说：我为了把你供奉——不，假若我说：我要你嫁我，你答应不答应？"

女人毫不费事的答着："假若你那么说，我也将那么说：我不答应你。"

"假若我再说：你不答应我，我就跑了，从此不再来了？"

"假如你要走，我就说：既然要走了，是留不住的，那么，王子，你上你的马吧。"

"那么，公主不寂寞吗？"

"为什么我不寂寞？你要走，那有什么办法？可是这不是当真的事，你不会走的！"

"我为了公主的寂寞就不走，那么，我……"

"不走我仍然同你在一处,听你对我的恭维,看你惶恐的样子,把你当一个最好的朋友款待。这些事拿去问我那个百灵,它就会觉得是做得很对的。"

"假若我死了?"

"你不会死的。"

"怎么不会死?假若当真你不答应我,不爱我,我就要离开了你,到后我一定要死的。"

"你不会死的。"

"我一定要死!"

女人把头偏过一边,没有注意到医学生,只说:"为什么一定要死?这不会是当真的事?所有故事上的王子从没有这种结局的!"

"因为我爱你,我只有去死!"

"我并不禁止你爱我。可是爱我的人,就要好好的活到这个世界上。你死了,你难道还会爱我吗?"

医学生低低的叹息了一次:"我说真话,你不爱我,我今天即刻就要走了。我不能够得到你,我不想再见你了。"

"我不是同你很好了吗?"女人想了一下,"你不是得到我了吗?你要什么,我问爸爸就把你!"

"我要你爱!"

"我没有说我讨厌你!"

"但是却没有说你爱我!"

"那么,假如我说:若当真有个王子向我求婚,我也……不会很给他下不去,这你相信不相信?"

医学生低下头去,不敢把头抬起:"你不要作弄我,我要走的。因为我是男子！"

"因为你是男子，你要走路，对的，"女人忍着笑咬着嘴唇，一会儿不再说什么话，后来轻轻的说，"但假若我爸爸已答应了这件事，知道你今天就是为这件事来的，他才出去？"

医学生忽然把头抬起，把女人脸庞扶了过来，望到女人的眼睛，望了一会，一切都弄明白了。

…………

女人说："因为你是男子。一到某一情形下，希望你莫太笨，也就办不到。既不会说谎话，也不会听谎话，我的王子，我们过去走走吧。我还要听你在那海棠树下说点聪明话的，我盼望你再复述一次先前一时节所说的话。"

可是到了那边，医学生仍然一句话不说，只微微的笑着，傍近女人身边走着，感到宇宙的完全。到后女人就又说话了，她的言语是用微带装成的埋怨神气说的："你瞧，我知道你有这一天！我知道你一到了某个时节，就再也不恭维我了。你相信不相信，我正很悔着我先前说的话！你相信不相信，我早就算到，你当真要成哑子！……如果先前让王子上马一次，我耳朵和我的眼睛，还一定可以经验到你许多好言语同好样子！……可是，我很奇怪，为什么公主也扮不像？"

在路角上，医学生一句话不说，把女人拉着，在一株海棠花树下，抱着她默默的吻了许久。

过后，两人又默默的在那夹道上并排走着了，女人心中回想到，"只这一点，倒真是一个王子的风度"，女人就重新笑起来了。

廿一年六月青岛

黄昏

本篇曾以《晚晴》为篇名发表于1932年6月30日《文艺月刊》第3卷第5、6号合刊。署名甲辰。《黄昏》是作者以此为篇名的作品之一。

雷雨过后，屋檐口每一个瓦槽还残留了一些断续的点滴，天空的雨已经不至于再落，时间也快要夜了。

日头将落下那一边天空，还剩有无数云彩，这些云彩阻拦了日头，却为日头的光烘出眩目美丽的颜色。远一点，有一些云彩镶了金边、白边、玛瑙边、淡紫边，如都市中妇人的衣缘，精致而又华丽。云彩无色不备，在空中以一种魔术师的手法，不断的在流动变化。空气因为雨后而澄清，一切景色皆如一人久病新瘥的神气。

这些美丽天空是南方的五月所最容易遇见的，在这天空下面的城市，常常是崩颓衰落的城市。由于国内连年的兵乱，由于各处种五谷的地面都成了荒田，加之毒物的普遍移植，农村经济因而就宣告了整个破产，各处大小乡村皆显得贫穷和萧条，一切大小城市则皆在腐烂，在灭亡。

一个位置在长江中部×省×地邑的某一县，小小的石头城里，城北一角，傍近城墙附近一带边街上人家，照习惯样子，到了这时节，各个人家黑黑的屋脊上小小的烟突，都发出湿湿的似乎分量极重的柴烟。这炊烟次第而起，参差不齐，先是仿佛就不大高兴燃好，待到既

黄昏

已燃好，不得不勉强自烟突跃出时，一出烟突便无力上飏了。这些炊烟留连于屋脊，徘徊踌躇，团结不散，终于就结成一片，等到黄昏时节，便如帷幕一样，把一切皆包裹到薄雾里去。

××地方的城沿，因为一排平房同一座公家建筑，已经使这个地方任何时节皆带了一点儿抑郁调子，为了这炊烟，一切变得更抑郁了许多了。

这里一座出名公家建筑就是监狱。监狱里关了一些从各处送来不中用的穷人，以及十分愚蠢老实的农民，如其余任何地方任何监狱一样。与监狱为邻，住的自然是一些穷人，这些穷人的家庭，却大都是那么组成：一个男主人，一个女主人，以及一群大小不等的孩子。主人多数是各种仰赖双手挣取每日饭吃的人物，其中以木工为多。妇人大致眼睛红红的，脸庞瘦瘦的，如害痨病的样子。孩子则几几乎全部分是生来不养不教，很希奇的活下来，长大以后不作乞丐，就只有去作罪人那种古怪生物。近年来，城市中许多人家死了人时，都只用蒲包同簟席卷去埋葬，棺木也不必需了，木工在这种情形下，生活皆陷入不可以想象的凄惨境遇里去。有些不愿当兵不敢作匪又不能作工的，多数跑到城南商埠去作小工，不然什么工作都做，只要可以生活就成。有些还守着自己职业不愿改行的，就只整天留在家中，在那些发霉发臭的湿地上，用一把斧头削削这样或砍砍那样，把旧木料作成一些简单家具，堆满了一屋，打发那一个接连一个而来无穷尽的灰色日子。妇人们则因为地方习惯，还有几件工作，可以得到一碗饭吃。由于细心，谨慎，耐烦，以及工资特别低廉，种种长处方面，一群妇人还不至于即刻饿死。她们的工作多数是到城东莲子庄去剥点莲蓬，茶叶庄去拣选茶叶，或向一个鞭炮铺，去领取些零数小鞭炮，拿回家来编排爆仗，每一个日子可得一百文或五分钱。小孩子，其年龄较大的，不管女孩男孩，也有跟了大人过东城做工，每日赚四十文左右的。只有那些十岁以下的孩子，大多数每日无物可吃，无事可做，皆提了小篮各处走去，只要遇到什么可以用口嚼的，就随手塞到口中去。有些不离开家宅附近的，便在监狱外大积水塘石堤旁，向塘边钓取鳝鱼。这水塘在过去一时，也许还有些用处，单从四围那些坚固而又笨重的石块垒砌的一条长长石堤看来，从它面积地位上看来，都证明这水塘，在过去一时，或曾供给了全城人的饮料。但到了如今，南城水井从山中导来了新水源，西城多用河水，这水塘却早已成为藏垢纳污的所在地了。塘水容纳了一切污水脏物，长年积水颜色黑黑的，绿绿的，上面盖了一层厚衣，在太阳下蒸发出一种异常的气味，各方点浅处，天气热时，就从泥底不断的喷涌出一些水泡。

　　监狱附近小孩子，因为水塘周围石堤罅穴多的是鳝鱼，新雨过后，天气凉爽了许多，塘水增加了些由各处汇集而来的雨水，也显得有了点生气，在浊水中过日子的鳝鱼，这时节便多伸出头来，贴近水面，把鼻孔向天掉换新鲜空气，小孩子于是很兴奋的绕了水塘奔走，皆露出异常高兴的神气。他们把从旧扫帚上抽来的细细竹竿，尖端系上一尺来长的麻线，麻线上系了小铁钩，小铁钩钩了些蛤蟆小腿或其他食饵，很方便插到石罅里去后，就静静的坐在旁边看守着。一会儿竹竿极沉重的向下坠去，竹竿有时竟直入水里去了，面前那一个便捞着竹竿，很敏捷的把它用力一拉，一条水蛇一样的东西，便离开水面，在空中蜿蜒不已。把鳝鱼牵出水以后，大家嚷着笑着，竞争跑过这一边来看取鳝鱼的大小。有人愿意把这鳝鱼带回家中去，留作家中的晚餐，有人又愿意就地找寻火种，把一些可以燃烧的东西收集起来，在火堆上烧鳝鱼吃。有时鳝鱼太小，或发现了这一条鳝鱼，属于习惯上所说的有毒黑鳝，大家便抽签决定，或大家在混乱中竞争抢夺着，打闹着，以战争来解决这一条鳝鱼所属的主人。直到把这条业已在争夺时弄得半死的鳝鱼，归于最后的一个主人后，这小孩子就用石头把那鳝鱼的头颅捣碎，才用手提着那东西的尾巴，奋力向塘中掷去，算是完成了钓鱼的工作。

天晚了，那些日里提了篮子，赤了双脚，沿了城墙走去的妇女到这时节，都陆续回了家。回家途中从菜市过身，就把当天收入，带回些糙米，子盐，辣椒，过了时的瓜菜，以及一点花钱极少便可得到的猪肠牛肚，同一钱不花也可携回的鱼类内脏。每一家烟突上的炊烟，就为处置这些食物而次第升起了。

因为妇人回了家，小孩子们有玩疲倦了的，皆跑回家中去了。

有小孩子从城根跑来，向水塘边钓鱼小孩子嚷着："队伍来提人了，已经到了曲街拐角上，一会儿就要来了。"大家知道兵士来此提人，有热闹可看了，呐一声喊，一阵风似的向监狱衙署外大院子集中冲去，等候到队伍来时，欣赏那扛枪兵士的整齐步伐。

监狱里原关了百十个犯人，一部分为欠了点小债，或偷了点小东西，无可奈何犯了法被捉来的平民，大多数却为兵队从各处乡下捉来的农民。驻扎城中的军队，除了征烟苗税的十月较忙，其余日子就本来无事可作，常常由营长连长带了队伍出去，同打猎一样，走到附郭乡下去碰碰运气，随随便便用草绳麻绳，把这些乡下庄稼人捆上一批押解入城，牵到团部去胡乱拷问一阵，再寄顿到这狱中来。或于某种简单的糊涂的问讯中，告了结束，就在一张黄色桂花纸上，由书记照行式写成甘结，把这乡下庄稼汉子两只手涂满了墨汁，强迫按捺到空白处，留下一双手模，算是承认了结上所说的一切，于是当时派队就把这人牵出城外空地上砍了。或者这人说话在行一点，还有几个钱，又愿意认罚，后来把罚锾缴足，随便找寻一个保人，便又放了。在监狱附近住家的小孩子，除了钓鳝鱼以外，就是当军队派十个二十个弟兄来到监狱提人时，站在那院署空场旁，看那些装模作样的副爷，如何排队走进衙署里，后来就包围了监狱院墙外，等候看犯人外出。犯人提走后，若已经从那些装模作样的兵士方面，看出一点消息，知道一会儿这犯人愚蠢的头颅就得割下时，便又跟了这队伍后面向城中团部走去，在军营外留下来，一直等到犯人上身剥得精光，脸儿青青的，头发乱乱的，张着大口，半昏半死的被几个兵士簇拥而出时，小孩子们就在街头齐声呐喊着一句习惯的口号送行。

"二十年一条好汉，值价一点！"

犯人或者望望这边，也勉强喊一两声撑撑自己场面，或沉默的想到家中小猪小羊，又怕又乱，迷迷糊糊走去。

于是队伍过身了。到后面一点，是一个骑马副官拿了军中大令，在黑色小公马上战摇摇的掌了黄龙大令也过身了。再后一点，就轮派到这一群小孩子了。这一行队伍大家皆用小跑步向城外出发，从每一条街上走过身时，便集收了每一条街上的顽童与无事忙的人物。大伙儿到了应当到的地点，展开了一个圈子，留出必需够用的一点空地，兵士们把枪从肩上取下，装上了一排子弹，假作向外预备放的姿式，以为因此一来就不会使犯人逃掉，也不至于为外人劫法场。看的人就在较远处围成一个大圈儿。一切布置妥当后，刽子手从人群中走出，把刀藏在身背后，走近犯人身边去，很友谊似的拍拍那乡下人的颈项，故意装成从容不迫的神气，同那业已半死的人嘱咐了几句话，口中一面说"不忙，不忙"，随即嚓的一下，那个无辜的头颅，就远远的飞去，发出沉闷而钝重的声音坠到地下了，颈部的血就同小喷泉一样射了出来，身腔随即也软软的倒下去，呐喊声起于四隅，犯人同刽子手同样的被人当作英雄看待了。事情完结以后，那位骑马的押队副官，目击世界上已经少了一个恶人，除暴安良的责任已尽，下了一个命令，领带队伍，命令在前面一点儿的号手，吹了得胜回营的洋号缴令去了。看热闹人也慢慢的走开了。小孩们不即走开，他们便留下来等候看到此烧纸哭泣的人，或看人收尸。这些尸首多数是不敢来收的，在一切人散尽以后，小孩子们就挑选了那个污浊肮脏的头颅作戏，先是用来作为一种游戏，到后常常互相扭打起来，终于便让那个气力较弱的人滚跌到血污中去，大家才一哄而散。

今天天气快晚了，又正落过大雨，不像要杀人的样子。

这个时节，那在监狱服务十七年了的狱丁，正赤双脚在衙署里大堂面前泥水里，用铲子挖掘泥土，打量把积水导引出去。工作了已经好一阵，眼见得毫无效果，又才去解散了把竹扫帚，取出一些竹刷，想用它来扶持那些为暴雨所摧残业已淹卧到水中的向日葵。院落中这时有大部分还皆淹没在水里，这老狱丁从别处寻来的凤仙花、鸡冠花、洋菊同秋葵，以及一些为本地人所珍视的十样锦花，在院中土坪里各据了一畦空地，莫不皆浸在水中。狱丁照料到这样又疏忽了那样，所以作了一会事，看看什么都作不好，就不再作了，只站在大堂檐口下，望天上的晚云。一群窝窝头颜色茸毛未脱的雏鸭，正在花草之间的泥水中，显得很欣悦很放肆的游泳着，在水中搧动小小的肉翅，呀呀的叫嚷，各把小小红嘴巴连头插进水荡中去，后身撅起如一顶小纱帽，其中任何一只小鸭含了一条蚯蚓出水时，其余小鸭便互相争夺不已。

老狱丁正计算到属于一生的一笔账项，数目弄得不大清楚，为了他每个月的薪俸是十二串，这钱分文不动已积下五年，应承受这一笔钱的过房儿子已看好了，自己老衣也看好了，棺木也看好了，他把一切处置得妥当后，却来记忆追想，为什么年轻不结婚。他想起自己在营伍中的荒唐处，想起几个与生活有关白脸长眉的女人，一道回忆的伏流，正流过那衰弱弊旧的心上，眼睛里燃烧了一种青春的湿光。

只听到外边有人喊"立正，稍息"，且有马项铃响，知道是营上来送人提人的，故忙匆匆蹚了水出去，看是什么事。

军官下了马后，长统皮靴在院子里水中堂堂的走着，一直向衙署里面走去，守卫的岗警立了正，一句话也不敢询问，让这人向侧面闯去，后面跟了十个兵士，狱卒在二门前迎面遇到了军官，又赶忙飞跑进去，向典狱官报告去了。

典狱官是一个在烟灯旁讨生活的人物，这时正赤脚短褂坐在床边，监督公丁蹲在地下煨菜，玄想到种种东方形式的幻梦，狱卒在窗下喊着：

"老爷，老爷，营上来人了！"

这典狱官听到营上来人，可忙着了，拖了鞋就向外跑。

军官在大堂上站定了，用手指弄着马鞭末端的绶组，兵士皆站在檐口前，典狱官把一串长短不一的钥匙从房中取出来，另外又携了一本寄押人犯的账簿，见了军官时就赶忙行礼，笑眯眯的侍候到军官，喊公丁赶快搬凳子倒茶出来。

"大人，要几个？"

军官一句话不说，递给了典狱官一个写了人名的字条，这典狱官就在暮色满堂的衙署大堂上轻轻的念着那个字条，把它看过了，忙说

黄昏

"是的是的"，就首先带路拿了那串钥匙，挟了那本账簿，向侧面牢狱走去。一会儿几个人都在牢狱双重门外站定了。

老狱丁把钥匙套进锁口里去，开了第一道门又开第二道门，门开了，这里已黑黑的，只见远处一些放光的眼睛，同模糊的轮廓，典狱官按着名单喊人。

"赵天保，赵天保，杨守玉，杨守玉。"

有两只放光的眼睛出来了，怯怯的跑过来，自己轻轻的说着"杨守玉，杨守玉"，一句别的话也不说，让兵士拉出去了。典狱官见来了一个，还有一个，又重新喊着姓赵的人名，狱丁也嘶着喉咙帮同喊叫，可是叫了一阵人还是不出来。只听到黑暗里有乡下人口音：

"天保，天保，叫你去，你就去，不要怕，一切是命！"

另外还有人轻轻地说话，大致都劝他出去，因为不出去也是不行的。原来那个被提的人害怕出去，这时正躲在自己所住的一堆草里。这是一种已成习惯的事情，许多乡下人，被拷打过一次，或已招了什么，在狱中住下来，一听到提人叫到自己名姓时，就死也不愿意再出去，一定得一些兵士走进来，横拖竖拉才能把他弄出。这件事既在狱中是很常有的事，在军人同狱官也看得成为习惯了，狱官这时望了一望军官，军官望了一望兵士，几个人就一拥而进到里面去了。于是黑暗中起了殴打声，喘气声，以及一个因为沉默的死命抱着柱子不放，一群七手八脚的动作，抵抗征服的声音。一会儿，便看见一团东西送出去了。典狱官知道事情业已办好，把门一次一次关好，一一的重新加上笨重的铁锁，同军官沉沉默默一道儿离开了牢狱，回到大堂，验看了犯人一下，尽了应尽的手续，正想说几句应酬话，谈谈清乡的事情，禁烟的事情，军官努努嘴唇，一队人马重新排队，预备开步走出衙署了。

老狱卒走过那个先是不愿意离开牢狱，被人迫出以后，满脸是血目露凶光的乡下人身边来，"天保，有什么事情没有？"犯人口角全是血，喘息着，望到业已为落日烧红的天边，仿佛想得很远很远，一句话一个表示都没有。另外一个乡下人样子，老老实实的，却告给狱吏：

"大爷，我砦上人来时，请你告诉他们，我去了，只请他们帮我还村中漆匠五百钱，我应当还他这笔钱。……"

于是队伍堂堂的走去了。典狱官同狱卒送出大门，站到门外照墙边，看军官上了马，看他们从泥水里走去。在门外业已等候了许久的小孩子们，也有想跟了走去，却为家中唤着不许跟去，只少数留在家中也无晚饭可吃的小孩，仍然很高兴的跟着跑去。天上一角全红了，典狱官望到天空，狱卒也望天空，一切是那么美丽而静穆。一个公丁正搬了高凳子来把装满了菜油的小灯，搁到衙署大门前悬挂的门灯上去，大门口全是泥泞，凳子因为在泥泞中摇晃不定，典狱官见着时正喊：

"小心一点！小心一点！"

虽然那么嘱咐，可是到后凳子仍然翻倒了，人跌到地下去，灯也跌到地下了。灯油溅泼了一地，那人就坐在油里不知如何是好。典狱官心中正有一点儿不满意适间那军官的神气，就大声说：

"我告诉你小心一点，比营上火夫还粗鲁，真混账！"

小孩子们没有散尽的，为这件事全聚集了拢来。

岗警把小孩子驱散后，典狱官记起了自己房中煨的红肉，担心公丁已偷吃去一半，就小小心心的从那满是菜油的泥泞里走进了衙门。

221

黄昏

狱丁望望那坐在泥水里的公丁，努努嘴，意思以为起来好一点，坐在地下有什么用？也跟了进去了。

天上红的地方全变为紫色，地面一切角隅皆渐渐的模糊起来，于是居然夜了。

廿三年十月于北平删改

（给樊海珊写）

八骏图

本篇发表于 1935 年 8 月 1 日《文学》第 5 卷第 2 号。署名沈从文。

"先生,您第一次来青岛看海吗?"

"先生,您要到海边去玩,从草坪走去,穿过那片树林子,就是海。"

"先生,您想远远的看海,瞧,草坪西边,走过那个树林子——那是加拿大杨树,那是银杏树,从那个银杏树夹道上山,山头可以看海。"

"先生,他们说,青岛海比一切海都不同,比中国各地方海美丽。比北戴河呢,强过一百倍;您不到过北戴河吗?那里海水是清的,浑的?"

"先生,今天七月五号,还有五天学校才上课。上了课,您就忙了,应当先看看海。"

青岛住宅区××山上,一座白色小楼房,楼下一个光线充足的房间里,到地不过五十分钟的达士先生,正靠近窗前眺望窗外的景致。看房子的听差,一面为来客收拾房子,整理被褥,一面就同来客攀谈。这种谈话很显然的是这个听差希望客人对他得到一个好印象的。第一回开口,见达士先生笑笑不理会。顺眼一看,瞅着房中那口小皮箱上面贴的那个黄色大轮船商标,觉悟达士先生是出过洋的人物了,因此就换口气，要来客注意青岛的海。达士先生还是笑笑的不说什么，那听差于是解嘲似的说，青岛的海与其他地方的海如何不同，它很神秘，很不易懂。

分内事情作完后，这听差搓着两只手，站在房门边说："先生，您叫我，您就按那个铃。我名王大福，他们都叫我老王。先生，我的话您懂不懂？"

达士先生直到这个时候方开口说话："谢谢你，老王。你说话我全听得懂。"

"先生，我看过一本书，学校朱先生写的，名叫《投海》，有意思。"这听差老王那么很得意的说着，笑眯眯的走了。天知道，这是一本什么书。

听差出门后，达士先生便坐在窗前书桌边，开始给他那个远在两千里外的美丽未婚妻写信。

> 瑗瑗：我到青岛了。来到了这里，一切真同家中一样。请放心，这里吃的住的全预备好好的！这里有个照料房子的听差，样子还不十分讨人厌，很欢喜说话，且欢喜在说话时使用一些新名词；一些与他生活不大相称的新名词。这听差真可以说是个"准知识阶级"，他刚刚离开我的房间。在房间帮我料理行李时，就为青岛的海，说了许多好话。照我的猜想，这个人也许从前是个海滨旅馆的茶房。他那派头很像一个大旅馆的茶房。他一定知道许多故事，记着许多故事。（真是我需要的一只母牛！）我想当他作一册活字典，在这里两个月把他翻个透熟。

我窗口正望着海，那东西，真有点迷惑人！可是你放心，我不会跳到海里去的。假若到这里久一点，认识了它，了解了它，我可不敢说了。不过我若一不小心失足掉到海里去了，我一定还将努力向岸边泅来，因为那时我心想起你，我不会让海把我攫住，却尽你一个人孤孤单单。

达士先生打量捕捉一点窗外景物到信纸上，寄给远地那个人看看，停住了笔，抬起头来时窗外野景便朗然入目。草坪树林与远海，衬托得如一幅动人的画。达士先生于是又继续写道：

我房子的小窗口正对着一片草坪，那是经过一种精密的设计，用人工料理得如一块美丽毯子的草坪，上面点缀了一些不知名的黄色花草，远远望去，那些花简直是绣在上面。我想起家中客厅里你作的那个小垫子。草坪尽头有个白杨林，据听差说那是加拿大种白杨林。林尽头是一片大海，颜色仿佛时时刻刻皆在那里变化；先前看看是条深蓝色缎带，这个时节却正如一块银子。

达士先生还想引用两句诗，说明这远海与天地的光色。一抬头，便见着草坪里有个黄色点子，恰恰镶嵌在全草坪最需要一点黄色的地方。那是一个穿着浅黄颜色袍子女人的身影。那女人正预备通过草坪向海边走去，随即消失在白杨树林里不见了。人俨然走入海里去了。

没有一句诗能说明阳光下那种一刹而逝的微妙感印。

达士先生于是把寄给未婚妻的第一个信，用下面几句话作了结束：

227

八骏图

学校离我住处不算远，估计只有一里路，上课时，还得上一个小小山头，通过一个长长的槐树夹道。山路上正开着野花，颜色黄澄澄的如金子。我欢喜那种不知名的黄花。

达士先生下火车时上午×点二十分。到地把住处安排好了，写完信，就过学校教务处去接洽，同教务长商量暑期学校十二个钟头讲演的分配方法。事很简便的办完了，就独自一人跑到海滨一个小餐馆吃了一顿很好的午饭。回到住处时，已是下午×点了。便又起始给那个未婚妻写信。报告半天中经过的事情。

　　瑗瑗：我已经过教务处把我那十二个讲演时间排定了。所有时间皆在上午十点前。有八个讲演，讨论的问题，全是我在北京学校教过的那些东西。我不用预备就可以把它讲得很好。另外我还担任四点钟现代中国文学，两点钟讨论几个现代中国小说家所代表的倾向。你想象得出，这些问题我上堂同他们讨论时，一定能够引起他们的兴味。今天五号，过五天方能够开学。
　　我应当照我们约好的办法，白天除了上堂上图书馆，或到海边去散步以外，就来把所见所闻一一告给你。我要努力这样作。我一定使你每天可以接到我一封信，这信上有个我，与我在此所见社会的种种，小米大的事也不会瞒你。

我现在住处是一座外表很可观的楼房。这原是学校特别为几个远地聘来的教授布置的。住在这个房子里一共有八个人，其余七个人我皆不相熟。这里住的有物理学家教授甲，生物学家教授乙，道德哲学家教授丙，哲学专家教授丁，以及西洋文学史专家教授戊等等。这些名流我还不曾见面，过几天我会把他们的神气一一告诉你。

　　我预备明天方过校长处去，我明天将到他那儿吃午饭。我猜想得到，这人一见我就会说："怎么样，还可……？应当邀你那个来海边看看！我要你来这里不是害相思病，原就只是让你休息休息，看看海。一个人看海，也许会跌到海里去给大鱼咬掉的！"媛媛，你说，我应如何回答这个人。

　　下车时我在车站外边站了一会儿，无意中就见到一种贴在阅报牌上面的报纸。那报纸登载着关于我们的消息。说我们两人快要到青岛来结婚。还有许多事是我们自己不知道的，也居然一行一行的上了版，印出给大家看了。那个作编辑的转述关于我的流行传说时，居然还附加着一个动人的标题，"欢迎周达士先生"。我真害怕这种欢迎。我担心一会儿就会有人来找我。我应当有个什么方法，同一切麻烦离远些，方有时间给你写信。你试想想看，假若我这时正坐在桌边写信，一个不速之客居然进了我的屋子里，猝然发问："达士先生，你又在写什么恋爱小说！你一共写了多少？是不是每个故事都是真的？都有意义？"这询问真使人受窘！我自然没有什么可回答。然而一到第二天，

八骏图

他们仍然会写出许多我料想不到的事情！他们会说：达士先生亲口对记者说的。事实呢，他也许就从不见过我。

达士先生离开××时，与他的未婚妻瑷瑷说定，每天写一个信回××。但初到青岛第一天，他就写了三个信。第三个信写成，预备叫听差老王丢进学校邮筒里去时，天已经快夜了。

达士先生在住处窗边享受来到青岛地方以后第一个黄昏。一面眺望窗外的草坪，——那草坪正被海上夕照烘成一片浅紫色。那种古怪色泽引起他一点回忆。

想起另外某一时，仿佛也有那么一片紫色在眼底眩耀。那是几张紫色的信笺，不会记错。

他打开箱子，从衣箱底取出一个厚厚的杂记本子，就窗前余光向那个书本寻觅一件东西。这上面保留了这个人一部分过去的生命。翻了一阵，果然的，一个"七月五日"标题的记事被他找出来了。

七月五日

一切都近于多余。因为我走到任何一处皆将为回忆所围困。新的有什么可以把我从泥淖里拉出？这世界没有"新"，连烦恼也是很旧了的东西。

读完这个，有一点茫然自失，大致身体为长途折磨疲倦了，需要一会儿休息。

可是达士先生一颗心却正准备到一个旧的环境里散散步。他重新去念着那个二年前七月五日寄给南京的×请她代他过××去看看□

的一个信稿。那个原信是用暗紫色纸张写的，那个信发出时，也正是那么一个悦人眼目的黄昏。

这几个人的关系是×欢喜他，他却爱□，□呢，不讨厌×。

当□听人说到×极爱达士先生时，□便说："这真是好事情。"然而人类事情常常有其相左的地方，上帝同意的人不同意，人同意的命运又不同意。×终于怀着一点儿悲痛，嫁给一个会计师了。×作了另外一个人的太太后，知道达士先生尚在无望无助中遣送岁月，便来信问达士先生，是不是要她作点什么事。她很想为他效点劳。因为她觉得他虽不爱她，派她作点事，尚可借此证明他还信任她。来信说得多委婉，多可怜！当时他被她一点点隐伏着的酸辛把心弄软了，便写了个信给×，托她去看看□。这个信不单是信任×，同时也就在告给×，莫用过去那点幻想折磨她自己。

×，你信我已见到了，一切我都懂。一切不是人力所能安排的，我们总莫过分去勉强。我希望我们皆多有一分理知，能够解去爱与憎的缠缚。

听说你是很柔顺贞静作了一个人的太太，这消息使熟人极快乐。……死去了的人，死去了的日子，死去了的事，假若还能折磨人，都不应当留在人心上来受折磨；所以不是一个善忘的人企想"幸福"，最先应当学习的就是善忘。我近来正在一种逃遁中生活，希望从一切记忆围困中逃遁。与其尽回忆把自己弄得十分软弱，还不如保留一个未来的希望较好。

谢谢您在来信上提到那些故事，恰恰正是我讨厌一切写下的故事的时节。一个人应当去生活,不应当尽去想象生活!若故事真如您称赞的那么好,也不过只证明这个拿笔的人,很愿意去一切生活里生活,因为无用无能,方转而来虐待那一只手罢了。

您可以写小说,因为很明显的事,您是个能够把文章写得比许多人还好的女子。若没有这点自信力,就应当听一个朋友忠厚老实的意见。家庭生活一切过得极有条理,拿笔本不是必需的行为。为你自己设想可不必拿笔,为了读者,你不能不拿笔了。中国还需要这种人,忘了自己的得失成败,来做一点事情。我听人说到你预备去当伤兵看护,实际上您的长处可以当许多男子受伤灵魂的看护,后者职务实在比你去侍候伤兵还精细在行。你不觉得您写点文章比掉换绷带方便些?你需要一点自觉,一点自信。

我不久或过××来,我想看看那"我极爱她她可毫不理我"的□。三年来我一切完了。我看看她,若一切还依然那么沉闷,预备回乡下去过日子,再不想麻烦人了。我应当保持一种沉默,到乡下生活十年,把最重要的一段日子费去。×,您若是个既不缺少那点好心也不缺少那种空闲的人,我请您去为我看看她。我等候您一个信。您随便给我一点见她以后的报告,对于我都应当说是今年来最难得的消息。

再过两年我会不会那么活着?

一切人事皆在时间下不断的发生变化。第一,这个×去年病死了。第二，这个□如今已成达士先生的未婚妻。第三，达士先生现在已不大看得懂那点日记与那个旧信上面所有的情绪。

他心想：人这种东西够古怪了，谁能相信过去，谁能知道未来？旧的，我们忘掉它。一定的，有人把一切旧的皆已忘掉了，却剩下某时某地一个人微笑的影子还不能够忘去。新的，我们以为是对的，我们想保有它，但谁能在这个人间保有什么？

在时间对照下，达士先生有点茫然自失的样子。先是在窗边痴着，到后来笑了。目前各事仿佛已安排对了。一个人应知足，应安分。天慢慢的黑下来，一切那么静。

瑷瑷：

暑期学校按期开了学。在校长欢迎宴席上，他似庄似谐把远道来此讲学的称为"千里马"；一则是人人皆赫赫大名，二则是不怕路远。假若我们全是千里马，我们现在住处，便应当称为"马房"了！

我意思同校长稍稍不同。我以为几个人所住的房子，应当称为"天然疗养院"方能名实相符。你信不信？这里的人从医学观点看来，皆好像有一点病，（在这里我真有个医生资格！）我不说过我应当极力逃避那些麻烦我的人吗？可是，结果相反，三天以来同住的七个人，有六个人已同我很熟习了。我有时与他们中一个两个出去散步，有时他们又到我屋子里来谈天，在短短时期中我们便发生了很好的友谊，教授丁，丙，乙，戊，尤其同我要好。便因为这种友谊，我诊断他们是个病人。我说的一点不错，这

八骏图

不是笑话,这些教授中至少有两个人还有点儿疯狂,便是教授乙同教授丙。

我很觉得高兴,到这里认识了这些人,从这些专家方面,学了许多应学的东西。这些专家年龄有的已经五十四岁,有的还只三十左右。正仿佛他们一生所有的只是专门知识,这些知识有的同"历史"或"公式"不能分开,因此为人显得很庄严,很老成。但这就同人性有点冲突,有点不大自然。一个不到三十岁的小说作家,年龄同事业,从这些专家看来,大约应当属于"浪漫派"。正因为他们是"古典派",所以对我这个"浪漫派"发生了兴味,发生了友谊。我相信我同他们的谈话,一面在检察他们的健康,一面也就解除了他们的"意结"。这些专家有的儿女已到大学三年级,早在学校里给同学写情书谈恋爱了,然而本人的心,真还是天真烂漫。这些人虽富于学识,却不曾享受过什么人生。便是一种心灵上的欲望,也被抑制着,堵塞着。我从这儿得到一点珍贵知识,原来十多年大家叫喊着"恋爱自由"这个名词,这些过渡人物所受的刺激,以及在这种刺激之下,藏了多少悲剧,这悲剧又如何普遍存在。

瑗瑗,你以为我说的太过分了是不是,我将把这些可尊敬的朋友神气,一个一个慢慢的写出来给你看。

达士

教授甲把达士先生请到他房里去喝茶谈天，房中布置在达士先生脑中留下那么一些印象：

房中小桌上放了张全家福的照片，六个胖孩子围绕了夫妇两人。太太似乎很肥胖。

白麻布蚊帐里，有个白布枕头，上面绣着一点蓝花。枕旁放了一个旧式扣花抱兜。一部《疑雨集》，一部《五百家香艳诗》。大白麻布蚊帐里挂一幅半裸体的香烟广告美女画。

窗台上放了个红色保肾丸小瓶子，一个鱼肝油瓶子，一点头痛膏。

教授乙同达士先生到海边去散步。一队穿着新式浴衣的青年女子迎面而来，切身走过。教授乙回身看了一下几个女子的后身，便开口说：

"真希奇，这些女子，好像天生就什么事都不必做，就只那么玩下去，你说是不是？"

"……"

"上海女子全像不怕冷。"

"……"

"宝隆医院的看护，十六元一月，新新公司的卖货员，四十块钱一月。假若她们并不存心抱独身主义，在货台边相攸的机会，你觉不觉得比病房中机会要多一些？"

"……"

"我不了解刘半农的意思，女子文理学院的学生全笑他。"

走到沙滩尽头时，两人便越马路到了跑马场。场中正有人调马。达士先生想同教授乙穿过跑马场，由公园到山上去。教授乙发表他的意见，认为那条路太远，海滩边潮水尽退，倒不如湿沙上走走有意思些。于是两人仍回到海滩边。

达士先生说：

"你怎不同夫人一块来？家里在河南，在北京？"

"……"

"小孩子读书实在也麻烦，三个都在南开吗？"

"……"

"家乡无土匪倒好。从不回家，其实把太太接出来也不怎么费事；怎么不接出来？"

"……"

"那也很好，一个人过独身生活，实在可以说是洒脱，方便。但是，有时候不寂寞吗？"

"……"

"你觉得上海比北京好？奇怪。一个二十来岁的人，若想胡闹，应当称赞上海。若想念书，除了北京往哪里走。你觉得上海可以——？"

那一队青年女子，恰好又从浴场南端走回来。其中一个穿着件红色浴衣，身材丰满高长，风度异常动人。赤着两只脚，经过处，湿沙上便留下一列美丽的脚印。教授乙低下头去，从女人一个脚印上拾起一枚闪放珍珠光泽的小小蚌螺壳，用手指轻轻的很情欲的拂拭着壳上粘附的砂子。

"达士先生，你瞧，海边这个东西真美丽。"

达士先生不说什么，只是微笑着，把头掉向海天一方，眺望着天际白帆与烟雾。

道德哲学教授丙，从住处附近山中散步回到宿舍，差役老王在门前交给他一个红喜帖："先生，有酒喝！"教授丙看看喜帖是上海×先生寄来的，过达士先生房中谈闲天时，就说起×先生。

"达士先生，您写小说我有个故事给您写。民国十二年，我在杭州××大学教书，与×先生同事。这个人您一定闻名已久。这是个从五四运动以来有戏剧性过了好一阵热闹日子的人物！这×先生当时住在西湖边上，租了两间小房子，与一个姓□的爱人同住。各自占据一个房间，各自有一铺床。两人日里共同吃饭，共同散步，共同作事读书，只是晚上不共同睡觉。据说这个叫作'精神恋爱'。×先生为了阐发这种精神恋爱的好处，同时还著了一本书，解释它，提倡它。性行为在社会引起纠纷既然特别多，性道德又是许多学者极热烈高兴讨论的问题。当时倘若有只公鸡，在母鸡身边，还能作出一种无动于中的阉鸡样子，也会为青年学者注意。至于一个公人，能够如此，自然更引人注意，成为了不起的一件大事了。社会本是那么一个凡事皆浮在表面上的社会，因此×先生在他那分生活上，便自然有一种伟大的感觉，日子过得仿佛很充实。分析一下，也不过是佛教不净观，与儒家贞操说两种鬼在那里作祟罢了。

"有朋友问×先生，你们过日子怪清闲，家里若有个小孩，不热闹些吗？×先生把那朋友看得很不在眼似的说，嗨，先生，你真不了解我。我们恋爱哪里像一般人那种兽性；你真是——有眼不识泰山。你不看过我那本书吗？他随即送了那朋友一本书。

"到后丈母娘从四川省远远的跑来了，两夫妇不得不让出一间屋子给丈母娘住。两人把两铺床移到一个房中去，并排放下。另一朋友知道了这件事，就问他，×先生如今主张会变了吧？×先生听到这种话,非常生气的说,哼,你把我当成畜生!从此不再同那个朋友来往。

"过了一年,那丈母娘感觉生活太清闲,那么过日子下去实在有点寂寞,希望作外祖母了。同两夫妇一面吃饭,一面便用说笑话口气发表意见,以为家中有个小孩子,麻烦些同时也一定可以热闹些。两夫妇不待老母亲把话说完,同声齐嚷起来:娘,你真是无办法。怎不看看我们那本书?两夫妇皆把丈母娘当成老顽固,看来很可怜。以为不受过高等教育的人,除了想儿女为她养孩子含饴弄孙以外,真再也没有什么高尚理想可言!

"再过一阵,女的害了病;害了一种因贫血而起的某种病。×先生陪她到医生处去诊病。医生原认识两人,在病状报告单上称女的为×太太,两夫妇皆不高兴,勒令医生另换一纸片,改为囗小姐。医生一看病人,已知道了病因所在,是在一对理想主义者,为了那点违反人性的理想把身体弄糟了。要它好,简便得很,发展兽性,自然会好!医生有作医生的义务,就老老实实把意见告给×先生。×先生听完,一句话不说,拉了女的就走。女的还不明白是怎么会事。×先生说,这家伙简直是一个流氓,一个疯子,哪里配作医生。后来且同别人说,这医生太不正经,一定靠卖春药替人堕胎讨生活。我要上衙门去告他。公家应当用法律取缔这种坏蛋,不许他公然在社会上存在,方是道理。

"于是女人改医生服中药,贝母当归煎剂吃了无数,延缠半年,终于死去了。×先生在女的坟头立了一个纪念碑,石上刻字:我们的恋爱,是神圣纯洁的恋爱!当时的社会是不大吝惜同情的,自然承认了这件事。凡朋友们不同意这件事的,×先生就觉得这朋友很卑鄙龌龊,不了解人间恋爱可以作到如何神圣纯洁与美丽,永远不再同那个朋友往来。

"今天我却接到这个喜帖，才知道原来×先生八月里在上海又要同上海交际花结婚了，有意思。潮流不同了，现在一定不再那个了。"

达士先生听完了这个故事，微笑着问教授丙：

"丙先生，我问您，您的恋爱观怎么样？"

教授丙把那个红喜帖摺叠成一个老猪头。

"我没有恋爱观，我是个老人了，这些事应当是儿女们的玩意儿了。"

达士先生房中墙壁上挂了个希腊爱神照像片，教授丙负手看了又看，好像想从那大理石胴体上凹下处凸出处寻觅些什么，发现些什么。到把目光离开相片时，忽然发问：

"达士先生，您班上有个×××，是不是？"

"真有这样一个人。您怎么认识她？这个女孩子真是班上顶美……"

"她是我的内侄女。"

"哦，你们是亲戚！"

"这孩子还聪敏，书读得不坏。"说着，教授丙把视线再度移到墙头那个照片上去，心不在乎的问道："达士先生，这照片是从希腊人的雕刻照下的吗？"这种询问似乎不必回答，达士先生很明白。

达士先生心想："丙先生倒有眼睛，认识美。"不由得不来一个会心微笑。

两人于是同时皆有一个苗条圆熟的女孩子影子，在印象中晃着。

教授丁邀约达士先生到海边去坐船。乳白色的小游艇，支持了白色三角形小帆。顺着微风，向作宝石蓝颜色镜平放光的海面滑去。天气明朗而温柔。海浪轻轻的拍着船头和船舷，船身略侧，向前滑去时

八骏图

轻盈得如同一只掠水的小燕儿。海天尽头有一点淡紫色烟子。天空正有白鸟三五,从容向远海飞去。这点光景恰恰像达士先生另外一个记载里的情形。便是那只船,也如当前的这只船。有一点儿稍稍不同,就是坐在达士先生对面的一个人,不是医生,却换了一个哲学教授了。

两人把船绕着小青岛去。讨论着当年若墨医生与达士先生尚未讨论结果的那个问题——女人,一个永远不能结束定论的议题!

教授丁说:

"大概每个人皆应当有一种辖治,方能像一个人。不管受神的,受鬼的,受法律的,受医生的,受金钱的,受名誉的,受牙痛的,受脚气的;必需有一点从外而来或由内而发的限制,人才能够像一个人。一个不受任何拘束的人,表面看来极其自由,其实他做什么也不成功。因为他不是个人。他无拘束,同时也就不会有多少气力。

"我现在若一点儿不受拘束,一切欲望皆苦不了我,一切人事我不管,这决不是个好现象。我有时想着就害怕。我明白,我自己居然能够活下去,还得感谢社会给我那一点拘束。若果没有它,我就自杀了。

"若墨医生同我在这只小船上的座位虽相差不多,我们又同样还不结婚。可是,他讨厌女人,他说:一个女人在你身边时折磨你的身体,离开你身边时又折磨你的灵魂。女子是一个诗人想象的上帝,是一个浪子官能的上帝。他口上尽管讨厌女人,不久却把一个双料上帝弄到家中作了太太,在裙子下讨生活了。我一切恰恰同他相反。我对女人,许多女人皆发生兴味。那些肥的,瘦的,有点儿装模作样或是势利浅浮的,似乎只因为她们是女子,有女子的好处,也有女子的弱点,我就永远不讨厌她们。我不能说出若墨医生那种警句,却比他更了解女子。许多讨厌女子的人，皆在很随便情形下同一个女子结了婚。我呢，我欢喜许多女人，对女人永远倾心，我却再也不会同一个女人结婚。

"照我的哲学崇虚论来说，我早就应当自杀了。然而到今天还不自杀，就亏得这个世界上尚有一些女人。这些女人我皆很情欲的爱着她们。我在那种想象荒唐中疯人似的爱着她们。其中有一个我尤其倾心，但我却极力制止我自己的行为。始终不让她知道我爱她。我若让她知道了，她也许就会嫁给我。我不预备这一着。我逃避这一着。我只想等到她有了四十岁，把那点女人极重要的光彩大部分已失去时，我再去告她，她失去了的，在我心上还好好的存在。我为的是爱她，为的是很情欲的爱她，总觉得单是得到了她还不成，我便尽她去嫁给一个明明白白一切皆不如我的人，使她同那男子在一处消磨尽这个美丽生命。到了她本身已衰老时，我的爱一定还新鲜而活泼。

"您觉得怎么样，达士先生？"

达士先生有他的意见：

"您的打算还仍然同若墨医生差不多。您并不是在那里创造哲学，不过是在那里被哲学创造罢了。您同许多人一样，放远期账，表示远见与大胆，且以为将来必可对本翻利。但是您的账放得太远了，我为您担心。这种投资我并无反对理由，因为各人有各人耗费生命的权利和自由，这正同我打量投海，觉得投海是一种幸福时，您不便干涉一样。不过我若是个女人，对于您的计划，可并无多少兴味。您有哲学，却缺少常识。您以为您到了那个年龄，脑子尚能有如今这样充满幻想，且以为女子到了四十岁，也还会如十八岁时那么多情善感。这真是糊涂。我敢说您必输到这上面。您若有兴味去看一本关于××的书籍，您会觉得您那哲学必需加以小小修改了。您爱她，得给她。这是自然的道理。您爱她，使她归您，这还不够，因为时间威胁到您的爱，便想违反人类生命的秩序，而且说这一切皆为女人着想。我看看，这同束身缠脚一样，不大自然，有点残忍。"

"你以为这个事太不近情，是不是？我们每一个人皆可听凭自己意志建筑一座礼拜堂，供奉自己所信仰的那个上帝。我所造的神龛，我认为是世界上最美丽的神龛。这事由你看来，这么办耗费也许大一点。可是恋爱原本就是一种奢侈的行为。这世界正因为吝啬的人太多了，所以凡事皆做不好。我觉得吝啬原邻于愚蠢。一个人想把自己人格放光，照耀蓝空，眩人眼目如金星，愚蠢人决做不出。"

"您想这么作是中了戏剧的毒。您能这么作可以说是很有演剧的天才。我承认您的聪明。"

"你说对了。我是在演剧。很大胆的把角色安排下来，我期待的就正是在全剧进行中很出众，然而近人情，到重要时忽然一转，尤其惊人。"

达士先生说：

"说得对。一个人若真想把自己全生活放在热闹紧张场面上发展，放在一种变态的不自然的方法中去发展，从一个艺术家眼里看来，没有反对的道理。一切艺术原皆不容许平凡。不过仍然用演戏取譬，你想不想到时间太久了一点，您那个女角，能不能支持得下去？世界上尽有许多女人在某一小时具有为诗人与浪子拜倒那个上帝的完美，但决不能持久。您承认她们到某一时会把生命光彩失去，却不想想一个表面失去了光彩的女人，还剩下一些什么东西。"

"那你意思怎么样？"

"爱她，得到她。爱她，一切给她。"

"爱她，如何能长久得到她？一切给她，什么是我？若没有我，怎么爱她？"

达士先生知道教授戊是个结了婚后一年又离婚的人，想明白他对于这件事的意见同感想。下面是教授戊的答案：

女人，多古怪的一种生物！你若说"我的神，我的王后，你瞧，我如何崇拜你！让莎士比亚的胸襟为一个女人而碎吧，同我来接一个吻！"好辞令。可是那地方若不是戏台，却只是一个客厅呢？你将听到一种不大自然的声音（她们照例演戏时还比较自然），她们回答你说："不成，我并不爱你。"好，这事也就那么完结了。许多男子就那么离开了他的爱人，男的当然便算作失恋。过后这男子事业若不大如意，名誉若不大好，这些女人将那么想："我幸好不曾上当。"但是，另外某种男子，也不想作莎士比亚，说不出那么雅致动人的话语。他要的只是机会。机会许可他傍近那个女子身边时，他什么空话不必说，就默默的吻了女人一下。这女子在惊慌失措中，也许一伸手就打了他一个耳光，然而男子不作声，却索性抱了女子，在那小小嘴唇上吻个一分钟。他始终没有说话，不为行为加以解释。他知道这时节本人不在议会，也不在课室。他只在作一件事！结果，沉默了。女人想："他已吻过我了。"同时她还知道了接吻对于她毫无什么损失，到后，她成了他的妻子。这男人同她过日子过得好，她十年内就为他养了一大群孩子，自己变成一个中年胖妇人；男子不好，她会解说："这是命。"

是的，女人也有女人的好处。我明白她们那些好处。上帝创造她们时并不十分马虎,既给她们一个精致柔软的身体,又给她们一种知足知趣的性情,而且更有意思,就是同时还给她们创造一大群自作多情又痴又笨的男子,因此有恋爱小说,有诗歌,有失恋自杀,有——结果便是女人在社会上居然占据一种特殊地位,仿佛凡事皆少不了女人。

我以为这种安排有一点错误。从我本身起始,想把女人的影响,女人的牵制,尤其是同过家庭生活那种无趣味的牵制,在摆得开时乘早摆开。我就这样离了婚。

达士先生向草坪望着:"老王,草坪中那黄花叫什么名?"

老王不曾听到这句话,不作声。低头作事。

达士先生又说:"老王,那个从草坪里走来看庚先生的女人是什么人?"

听差老王一面收拾书桌一面也举目从窗口望去,"××女子中学教书先生。长得很好,是不是?"说着,又把手向楼上指指,轻声的说,"快了,快了。"那意思似乎在说两人快要订婚,快要结婚。

达士先生微笑着,"快什么了?"

达士先生书桌上有本老舍作的小说,老王随手翻了那么一下,"先生,这是老舍作的,你借我这本书看看好不好?怎么这本书名叫《离婚》?"

达士先生好像很生气的说:

"怎么不叫《离婚》?我问你,老王。"

楼上电铃忽响,大约住楼上的教授庚,也在窗口望见了经草坪里通过向寄宿舍走来的女人了,呼唤听差预备一点茶。

一个从××寄过青岛的信——

达士先生:

你给我为历史学者教授辛画的那个小影,我已见到了。你一定把它放大了点。你说到他向你说的话,真不大像他平时为人,可是我相信你画他时一定很忠实。你那枝笔可以担保你的观察正确。这个速写同你给其他先生们的速写一样,各自有一种风格,有一种跃然纸上的动人风格,我读他时非常高兴。不过我希望你……,因为你应当记得着,你把那些速写寄给什么人。教授辛简直是个疯子。

你不说宿舍里一共有八个人吗?怎么始终不告给我第七个是谁。你难道半个月以来还不同他相熟?照我想来这一定也有点原因。好好的告给我。

天保佑你。

瑷瑷

达士先生每当关着房门,记录这些专家的风度与性格到一个本子上去时,便发生一种感想:"没有我这个医生,这些人会不会发疯?"其实这些人永远不会发疯,那是很明白的。并且发不发疯也并非他注意的事情,他还有许多必需注意的事。

他同情他们,可怜他们。因为他自以为是个身心健康的人。他预备好好的来把这些人物安排在一个剧本里，这自以为医治人类灵魂的医生，还将为他们指示出一条道路，就是凡不能安身立命的中年人，应勇敢走去的那条道路。他把这件事，描写得极有趣味的寄给那个未婚妻去看。

但这个医生既感觉在为人类尽一种神圣的义务，发现了七个同事中有六个心灵皆不健全，便自然引起了注意另外那一个健康人的兴味。事情说来希奇，另外那个人竟似乎与他"无缘"。那人的住处，恰好正在达士先生所住房间的楼上，从××大学欢迎宴会的机会中，那人因同达士先生座位相近，×校长短短的介绍，他知道那是经济学者教授庚。除此以外，就不能再找机会使两人成为朋友了。两人不能相熟自然有个原因。

达士先生早已发现了，原来这个人精神方面极健康，七个人中只有他当真不害什么病。这件事得从另外一个人来证明，就是有一个美丽女子常常来到寄宿舍，拜访经济学者庚。

有时两人在房里盘桓，有时两人就在窗外那个银杏树夹道上散步。那来客看样子约有二十五六岁，同时看来也可以说只有二十来岁。身材面貌皆在中人以上。最使人不容易忘记，就是一双诗人常说"能说话能听话"的那种眼睛。也便是这一双眼睛，因此使人估计她的年龄，容易发生错误。

这女人既常常来到宿舍，且到来以后，从不闻一点声息，仿佛两人只是默默的对坐着。看情形，两个人感情很好。达士先生既注意到这两个人，又无从与他们相熟，因此在某一时节，便稍稍滥用一个作家的特权，于一瞥之间从女人所得的印象里，想象到这个女子的出身与性格，以及目前同教授庚的关系。

这女子或毕业于北平故都的国立大学，所学的是历史，对诗词具有兴味，因此词章知识不下于历史知识。

这女子在家庭中或为长女。家中一定是个绅士门阀，家庭教育良好，中学教育也极好。从×大学历史系毕业后，就来到××女子中学教书，每星期约教十八点钟课，收入约一百元左右。在学校中很受同事与学生敬爱，初来时，且间或还会有一个冒险的，不大知趣的，山东籍国文教员，给她一种不甚得体的殷勤。然而那一种端静自重的外表，却制止了这男子野心的扩张。还有个更重要的原因，便是北京方面每天皆有一个信给她，这件事从学校同事看来，便是"有了主子"的证明，或是一个情人，或是一个好友，便因为这通信，把许多人的幻想消灭了。这种信从上礼拜起始不再寄来，原来那个写信人教授庚已到了青岛，不必再寄什么信了。

这女人从不放声大笑，不高声说话，有时与教授庚一同出门，也静静的走去，除了脚步声音便毫无声响。教授庚与女人的沉默，证明两人正爱着，而且贴骨贴肉如火如荼的爱着。惟有在这种症候中两个人才能够如此沉静。

女人的特点是一双眼睛，它仿佛总时时刻刻警告人，提醒人。你看她，它似乎就在说："您小心一点，不要那么看我。"一个熟人在她面前说了点放肆话，有了点不庄重行动，它也不过那么看看。这种眼光能制止你行为的过分，同时又俨然在奖励你手足的撒野。它可以使俏皮角色诚实稳重，不敢胡来乱为，也能使老实人发生幻想，贪图进取。它仿佛永远有一种羞怯之光；这个光既代表贞洁，同时也就充满了情欲。

由于好奇，或由于与好奇差不多的原因，达士先生愿意有那么一个机会，多知道一点点这两人的关系。因为照他的观察来说，这两人关系一定不大平常，其中有问题，有故事。再则女的那一分沉静实在吸引着他，使他觉得非多知道她一点不可。而且仿佛那女人的眼光，在达士先生脑子里，已经起了那么一种感觉："先生，我知道你是谁。我不讨厌你。到我身边来，认识我，崇拜我，你不是个糊涂人，你明白，这个情形是命定的，非人力所能抗拒的。"这是一种挑战，一种沉默的挑战。然而达士先生却无所谓。他不过有点儿好奇罢了。

那时节，正是国内许多刊物把达士先生恋爱故事加以种种渲染，引起许多人发生兴味的时节。这个女人必知道达士先生是个什么人，知道达士先生行将同谁结婚，还知道许多达士先生也不知道的事，就是那种失去真实性的某一种铺排的极其动人的谣言。

达士先生来到青岛的一切见闻，皆告诉给那个未婚妻，上面事情同一点感想，却保留在一个日记本子上。

达士先生有时独自在大草坪散步，或从银杏夹道上山去看海，有三四次皆与那个经济学者一对碰头。这种不期而遇也可以说是什么人有意安排的。相互之间虽只随随便便那么点一点头各自走开，然而在无形中却增加了一种好印象。当达士先生从那个女人眼睛里再看出一点点东西时，他逃避了那一双稍稍有点危险的眼睛，散步时走得更远了一点。

他心想:"这真有点好笑。若在一年前,一定的,目前的事会使我害一种很厉害的病。可是现在不碍事了。生活有了免疫性,那种令人见寒作热的病皆不至于上身了。"他觉得他的逃避,却只是在那里想方设法使别人不至于害那种病。因为那个女人原不宜于害病,那个教授庚,能够不害那一种病,自然更好。

可是每种人事原来皆俨然被一只看不见的手所安排。一切事皆在凑巧中发生,一切事皆在意外情形下变动。××学校的暑期学校演讲行将结束时,某一天,达士先生忽然得到一个不具名的简短信件,上面只写着这样两句话:

学校快结束了,舍得离开海吗?(一个人)

一个什么人?真有点离奇可笑。

这个怪信送到达士先生手边时,凭经验,可以看出写这个信的人是谁。这是一颗发抖的心同一只发抖的手,一面很羞怯,又一面在狡猾的微笑,把信写好亲自付邮的。不管这个人是谁,不管这个写得如何简单,不管写这个信的人如何措辞,达士先生皆明白那种来信表示的意义。达士先生照例不声不响,把那种来信搁在一个大封套里。一切如常,不觉得幸福也不觉得骄傲。间或也不免感到一点轻微惆怅。且因为自己那分冷静,到了明知是谁以后,表面上还不注意,仿佛多少总辜负了面前那年青女孩子一分热情,一分友谊。可是这仍然不能给他如何影响。假若沉静是他分内的行为,他始终还保持那分沉静。达士先生的态度,应当由人类那个习惯负一点责。应当由那个拘束人类行为,不许向高尚纯洁发展,制止人类幻想,不许超越实际世界,一个有势力的名辞负点责。达士先生是个订过婚的人。在"道德"名分下，把爱情的门锁闭，把另外女子的一切友谊拒绝了。

得到那个短信时，达士先生看了看，以为这一定又是一个什么自作多情的女孩子写来的。手中拈着这个信，一面想起宿舍中六个可怜的同事，心中不由得不侵入一点忧郁。"要它的，它不来；不要的，它偏来。"这便是人生？他于是轻轻的自言自语说："不走，又怎么样？一个真正古典派，难道还会成一个病人？便不走，也不至于害病！"很的确，就因事留下来，纵不走，他也不至于害病的。他有经验，有把握，是个不怕什么魔鬼诱惑的人。另外一时他就站过地狱边沿，也不眩目，不发晕。当时那个女子，却是个使人值得向地狱深阱跃下的女子。他有时自然也把这种近于挑战的来信，当成青年女孩子一种大胆妄为的感情的游戏，为了训练这些大胆妄为的女孩子，他以为不作理会是一种极好的处置。

瑗瑗：
　　我今天晚车回××。达。

达士先生把一个简短电报亲自送到电报局拍发后，看看时间还只五点钟。行期既已定妥，在青岛勾留算是最后一天了。记起教授乙那个神气，记起海边那种蚌壳。当达士先生把教授乙在海边拾蚌壳的一件事情告给瑗瑗时，回信就说：

　　不要忘记，回来时也为我带一点点蚌壳来。我想看看那个东西！

达士先生出了电报局，因此便向海边走去。

到了海水浴场，潮水方退，除了几个会骑马的外国人骑着黑马在岸边奔跑外，就只有两个看守浴场工人在那里收拾游船，打扫砂地。达士先生沿着海滩走去，低着头寻觅这种在白砂中闪放珍珠光的美丽蚌壳。想起教授乙拾蚌壳那副神气，觉得好笑。快要走到东端时，忽然发现湿砂上有谁用手杖斜斜的划着两行字迹，走过去看看，只见砂上那么写着：

这个世界也有人不了解海，不知爱海。也有人了解海，不敢爱海。

达士先生想想那个意思，笑了。他是个辨别笔迹的专家，认识那个字迹，懂得那个意义。看看潮水的印痕，便知道留下这种玩意儿的人，还刚刚离此不久。这倒有点古怪。难道这人就知道达士先生今天一早上会来海边，恰好先来这里留下这两行字迹？还是这人每天皆来到海边，写那么两行字，期望有一天会给达士先生见到？不管如何，这方式显然的是在大胆妄为以外，还很机伶狡狯的，达士先生皱眉头看了一会，就走开了。一面仍然低头走去，一面便保护自己似的想道：“鬼聪明，你还是要失败的。你太年轻了，不知道一个人害过了某种病，就永远不至于再传染了！你真聪明，你这点聪明将来会使你在另外一件事情上成就一件大事业，但在如今这件事情上，应当承认自己赌输了！这事不是你的错误，是命运。你迟了一年。……"然而不知不觉，却面着大海一方，轻轻的抒了一口气。

八骏图

不了解海，不爱海，是的。了解海，不敢爱海，是不是？

他一面走一面口中便轻轻数着，"是——不是？不是——是？"

忽然间，砂地上一件新东西使他愣住了。那是一对眼睛，在湿砂上画好的一对美丽眼睛。旁边那么写着：

瞧我，你认识我！

是的，那是谁，达士先生认识得很清楚的。

一个爬砂工人用一把平头铲沿着海岸走来，走过达士先生身边时，达士先生赶着问："慢点走，我问你，你知不知道这是谁画的？"说完他把手指着那些骑马的人。那工人却纠正他的错误，手指着山边一堵浅黄色建筑物："哪，女先生画的！"

"你亲眼看见是个女先生画的？"

工人看看达士先生，不大高兴似的说："我怎不眼见？"

那工人说完，扬扬长长的走了。

达士先生在那砂地上一对眼睛前站立了一分钟，仍然把眉头略微皱了那么一下，沉默的沿海走去了。海面有微风皱着细浪。达士先生弯腰拾起了一把海砂向海中抛去。"狡猾东西，去了吧。"

十点二十分钟达士先生回到了宿舍。

听差老王从学校把车票取来，告给达士先生，晚上十一点二十五分开车，十点半上车不迟。

到了晚上十点钟，那听差来问达士先生，是不是要他把行李先送上车站去。就便还给达士先生借的那本《离婚》小说。达士先生会心微笑的拿起那本书来翻阅，却给听差一个电报稿，要他到电报局去拍发。那电报说：

　　瑗瑗：我害了点小病，今天不能回来了。我想在海边多住三天；病会好的。达士。

一件真实事情，这个自命为医治人类魂灵的医生，的确已害了一点儿很蹊跷的病。这病离开海，不易痊愈的，应当用海来治疗。

　　　　　　　取自文学五卷二号廿四年八月份载出。